Elmar Hörig

FIX & FEDDICH

Ga-Ga
Germania

Für Deutschland

Inhalt

Prolog

Eigentlich wollte ich dieses „Brifn" 2019 im Freibad schreiben. Nach jedem Kapitel ins kühle Nass oder Arschbombe vom Dreier. Das haben wir früher immer gemacht, wenn wir einen so geilen Sommer hatten wie diesen. Leider ist das ab diesem Jahr nicht mehr so ohne weiteres möglich. Der Badespaß ist mittlerweile völlig in der Hand unserer Gäste, ob legal hier oder illegal. Und bevor ich um mein Leben rennen muss, habe ich meine Decke eingerollt, um Platz zu machen für unsere neuen Bestimmer aus dem Orient und Zentralafrika. Wenn 400 (in Worten vierhundert) Idioten eine vierköpfige Familie im Schwimmbad bedrängen und anschließend auch noch die herbeigerufene Polizei angreifen, dann muss man sich ernsthaft fragen, was eigentlich los ist mit unserem Land!

Es vergeht kein Tag, an dem die testosteron-ge[illegible] Teile unserer Kulturbereicherer nicht schlagen, treten, messern, vergewaltigen oder morden. Mit einer Brutalität, die man nie zuvor kannte in Deutschland. Die Politik und die Justiz scheinen restlos überfordert, wenn bereits mehrere 12-jährige Rotationseuropäer aus Bulgarien ein behindertes Mädchen vergewaltigen und diesen Vorgang auch noch filmen. Die Polizei darf erst gar nicht ermitteln, geschweige denn die Namen der Täter nennen. Nennt sich Jugendschutz!

Spätestens jetzt wärs Zeit für die nächste Arschbombe, aber wie gesagt, ich sitze auf meiner Terrasse und kippe mir in kurzen Abständen einen halben Liter Wasser über den Kopf.

Während ich diese Zeilen schreibe, erreicht mich die Nachricht, dass Ursula, unsere Panzerfaust-Barbie mit der Betonfrisur, jetzt einen besser bezahlten Job in Brüssel gefunden hat, und Annegret, die Faschings Ulknudel aus dem Saarland, rückt als neue Verteidigungsministerin nach. Unsere Madame Pompadour der Unterarmnässe aus der Uckermark hat das zwischen zwei Zitteranfällen so eingefädelt. Die Raute sitzt übrigens jetzt bei Staatsempfängen, denn immer bei der deutschen Nationalhymne wird ihr vermutlich bewusst, dass sie diese einst so wunderbare und erfolgreiche Nation restlos an die Wand gefahren hat. Da kann man schon mal ins Schaudern kommen.

Und unsere deutschen Systemmedien machen mit bei diesem Spektakel. Keine Zahlen mehr über illegale Zuwanderung, keine Kritik an der Schlepperpraxis der privaten Hilfsorganisationen im Mittelmeer, die weiter fröhlich fischen und sich fortwährend über jegliche Gesetze hinwegsetzen. Ausgewogener Journalismus geht in meinen Augen irgendwie anders.

Als ich letztes Jahr mein „Moinbrifn 2018“ veröffentlichte, hätte ich nicht gedacht, dass die Ereignisse noch steigerungsfähig wären, aber das ging ganz locker. Man denkt oft: „Komm, alles nur Satire!“

Leider nicht, nur bittere Wahrheit. Der Afrikaner, der mehrere Autos vor einem Ankerzentrum in Bayern mit einem Holzprügel zertrümmerte, sitzt zwar jetzt vorübergehend im Knast, bis sich der Staub gelegt hat, dann lassen sie ihn wieder springen, jede Wette. Derjenigen Person, die das Video ins Netz gestellt hat, droht jetzt Ungemach, weil gegen Persönlichkeitsrechte verstoßen wurde. Vermutlich fällt die Strafe hier härter aus, als gegen den offensichtlich geistesgestörten Täter.

Aber urteilen Sie selbst, lieber Leser. Hier sind die gesammelten „Brifns" vom Dezember 2018 bis zum Juni 2019. Ich danke für den Kauf des Buches und hoffe, Sie haben gute Nerven.

Ich für meinen Teil habe eine Idee für mein Dilemma in diesem Sommer: Ich kaufe mir bei OBI einen aufblasbaren kleinen Pool und mach meine Arschbombe im Garten. Noch hab ich da das Sagen!

NOCH!

Viel Spaß beim Lesen

ELMI

P.S. Ich glaube ich vergesse das mit OBI. Da muss ich auf die Autobahn, die ist aber heute gesperrt.

Hochzeit aus dem Clan-Milieu. Ein Babo heiratet seine minderjährige Cousine.

☜●❍♓⧫ ❍□♓■♌❒♓♐■

Elmis moinbrifn

Dieses Tagebuch ist ein Zeitdokument der Geschichte dieses Landes. Es wird so gedruckt, wie es geschrieben wurde, mit allen Rechtschreib- und Kommata-Fehlern!

Der AUTHOOR ☺

Zahlen

Obwohl ich in Mathe nie gut war, habe ich eines gelernt:

Zahlen lügen nicht!

Fälle von Mord/Totschlag in Deutschland

2014 : 122

2018 : 430

Sexuelle Übergriffe

2014 : 848

2018 : 6.046

Körperverletzung

2014 : 18.512

2018 : 73.177

Quelle: BKA Bericht. Statistik enthält nur aufgeklärte Fälle, keine Verdachtsfälle - Dunkelziffer nicht erfasst!

Wenn jetzt noch einer behauptet, wir würden in einem sicheren Land leben, dann polier ich mal kurz meinen Baseball-Schläger.

Lieb Vaterland, magst ruhig sein!

Dezember 2018

☜●❍♓⬧ ❍❏♓■♌❒♓♐■

Elmis moinbrifn

01. Dezember 2018

#VERTRACKT: Jetzt isses also beschlossene Sache! Der Migrantenpack wird nach Abstimmung im Bundestag unterzeichnet. Vor allem für den Zwischengrößen-Zwerg vom Saarland ist das natürlich ein innerer Vorbeimarsch! Alle daran Beteiligten beteuern, es sei alles rechtlich nicht bindend. Da fragt man sich als Laie dann doch, wieso man einen Vertrag macht, wenn der sowieso nicht gilt. Wenn ich das Vertragswerk richtig verstanden habe, kann ich nächstes Jahr nach Timbuktu ausreisen und dort Frauen begrapschen, ohne dass mir was passieren kann!! Geil! Will ich aber nicht. Punkt!

#SYMBOL: Ist es nicht bezeichnend für die Gesamtsituation unseres Landes, dass der Flieger unserer Regierungströte nicht abhebt, weil kaputt? Sollse doch hinlaufen, unsere Totengräberin! Der Gipfel heißt ja auch Geh 20!

#RECHT: Milde Strafen für versuchten Ehrenmord! Ehemann (Syrer) und Bruder stachen auf die 17-jährige, schwangere Alaa ein und rammten ihr ein Messer in den Hals. Weniger als acht

Jahre für die Beteiligten. Ohne anschließende Sicherungsverwahrung. Grund für den beinahe Mord: Die Frau wollte sich von ihrem Mann trennen und zu ihrem neuen Freund ziehen. Somit hat sie die Ehre der Familie beschmutzt. Ich schätze mal knapp fünf Jahre bei guter Führung bis zum nächsten Gemetzel. Stimmt schon, was ein Syrer vor kurzem sagte. „Ihr lasst die Leute rein, vor denen wir vor vielen Jahren geflüchtet sind."

#VERBRECHER: Mannheim hält Problem mit kriminellen Flüchtlingen für gelöst! Polizei widerspricht heftigst. So ist das halt. Kleine Kinder halten sich beim Versteckspielen oft die Augen zu, weil sie denken, man sieht sie dann nicht! Wahrheit ist wie Poesie – die meisten Menschen scheinen Poesie zu hassen!

Feddich

ELMI (Best Seller)

03. Dezember 2018

#BUENOS AIRES: Spiegel fragt: „Was bleibt vom G20 Gipfel?" Kann ich euch sagen: „Die Erkenntnis, dass es für diesen Schwachsinn ein Linienflug auch tut!"

#NDR-TALK: In illustrer Talk-Runde kommt ja so ziemlich jeder Dumpfschwaller zu Wort.

Unlängst auch Rainer Calmund! O-Ton: „Ich bin bereit, jeden mit meinem ganzen Gewicht niederzuwalzen, der sich gegen Flüchtlinge ausspricht!“ Die plaudernde Fettleber kriegt da wohl was nicht auf die Reihe! Nur weil sein Proktologe zufällig Syrer ist, müssen Flüchtlinge nicht zwangsläufig auch gut sein! Das sind schon lange keine Flüchtlinge mehr, das ist mittlerweile ein mafiöser Wirtschaftszweig! Mein Tipp: „FASTEN MACHT HIRN FREI“

#BERLIN: Tödliche Schüsse in der bunten Hauptstadt! Opfer: ein 47-jähriger Deutsch-Albaner (was immer das ist)! Täter ebenfalls ein Albaner, der sich hinterher selbst erschoss. Also ich als alter Forensiker schätze, kein Auftragsmord! Ich tippe mal so ins Blaue: „Beschmutzte Ehre“ wahrscheinlich. Wie auch immer, illlegale Waffe sichergestellt, kein Gerichtsverfahren und die Polizei tappt im Dunkeln. Die zwei Toten wahrscheinlich auch!

#BMW: In Hamburg in der Nähe vom Michel (Kirche) fahren zwei Schwanznasen im BMX X3 an rote Ampel und belästigen eine Autofahrerin. Ihre Begleiter bitten die Insassen des BMW, dies zu unterlassen. Schwerer Fehler. Einer hat jetzt einen gebrochenen Arm, der andere eine lebensgefährliche Kopfverletzung und liegt im Koma. Mordkommission ermittelt jetzt! Täter flüchten in unbekannte Richtung. Beschreibung: Osteuropäischer Akzent! Na so was!

#VERTRAG: Thilo Sarrazin bringt es auf den Punkt! Dieser heilbringende Migrationspakt stinkt! Ich habs geahnt!

Feddich, ELMI (Fluchtschwindler)

04. Dezember 2018

#TV: Da will man am Wochenende eine Comedy-Sendung im ZDF gucken, und der Moderator schwadroniert fünf Minuten lang über die Vorzüge des Migrationspakts. Alle, die ihn nicht gut finden, sind doof und es kämen gar keine zehn Millionen Afrikaner zu uns. Da hatte er ausnahmsweise recht, es kommen vierzig Millionen! Also doch was zum Lachen! Comedy De Luxe!

#MORD: 17-jähriges Mädchen im Flüchtlingsheim in St. Augustin ermordet. Polizei spricht von deutschem Mörder mit kenianischen Wurzeln. Hoppla, das ist dann wahrscheinlich gar kein Flüchtling, sondern ein afrikanischer Gummibaum!

#MORD: 28-jähriger in der Göttinger Innenstadt totgeschlagen. Insgesamt vier typisch deutsche Täter mit unterschiedlich ethnischen Wurzeln. Sozusagen ein Potpourri von Totschlägern mit Migrationshintergrund! Könnte man doch demnächst als Samstag-Abend Show in der ARD präsentieren. Hat Silbereisen Zeit?? Titel: „ALDE MACH ISCH DIR ALLE“ Ich mach ihm die Hunziker. Muha!

#WEIHNACHT: Massenschlägerei mit fünfzig Personen auf dem Weihnachtsmarkt in Ludwigslust! Diesmal gemischt, Deutsch-Migrantisches Glühwein-Fest! Polizei muss Verstärkung holen! Täuscht der Eindruck aber irgendwie verkommt unser Land gerade ein wenig. Süßer die Glocken nie klangen. Boing-dong-Koma!!!

#POLITIK: Grünen-Politiker Kretschmann fliegt mit Heli zum Wandern ins Naturschutzgebiet. Hey, das nenn ich Eier!

Feddich

Elmi (Weihnachtshase)

05. Dezember 2018

#TV: Neues aus dem Fernseh Wunderland! Eklat bei „Hart aber fair": Zuschauer steht auf und ruft was gegen den Migrationspackt! Er wird sofort von der Security abgeführt! So ist das in Deutschland mittlerweile. Du schwimmst gegen den Strom, also wird man dich ertränken!

#FINANZEN: Da kommt ganz still und leise was auf uns zu. Nennt sich „Bericht zur Vertiefung der Währungsunion". Übersetzt heißt es wohl: „Die nächste Finanzkrise steht unmittelbar bevor!" Und Vertiefung bedeutet: „Wie tief können wir dem Volk noch in die Taschen greifen, bevor sie gelbe Westen anziehen?" Nur unter uns Betschwestern, diesmal wird's ne richtige Krise, dagegen war 2008 ein Blondinen-Witz!

#GÜTERSLOH: Seit einigen Wochen bedroht ein 26-jähriger die Mitarbeiter des Rathauses von Steinhagen. Jetzt hat man einen privaten Sicherheitsdienst engagiert, um die Angestellten vor dem Psycho zu beschützen! Achtung, jetzt wird's wieder lustig! Eine Abschiebung des Vollhonks, der seit 2014 hier randaliert, ist nicht möglich, da seine Nationalität noch nicht geklärt ist! Wahrscheinlich ein Kuffnukke!

#AFRIKA: Uganda betrügt das UN-Hilfswerk um mehrere Millionen Dollar durch Angabe von falschen Flüchtlingszahlen (Bericht der UN-Kontrollbehörde OIOS).

Na, dann würde ich mal als Erstes sofort alle Zahlungen stoppen und schauen was passiert.

#BERLIN: Berliner Polizei macht Faxen! Sie befördert die Frau, die Attentäter Amri als nicht gefährlich einstufte, zur Leiterin ihrer Abteilung! Vom Bock zum Gärtner nennt sich das.

Feddich

ELMI (Migrationspackt-Experte)

06. Dezember 2018

#AUSZEICHNUNG: US Magazin „Forbes" kürt Rauten Lilly zur mächtigsten Frau der Welt!

Pfffffff…! Wenn sie wirklich die mächtigste Frau der Welt wäre, hätte sie ein Flugzeug das richtig fliegt!

#PADERBORN: Ein 21-jähriger Ägypter steht unter dringendem Verdacht, in Paris im berühmten „Bois des Boulogne" eine Prostituierte erschossen zu haben. Er gehörte einer Bande an, die über Monate hinweg Transsexuelle drangsaliert und bestohlen haben. In einem Asylantenheim im Land der barmherzigen Volldödel wurde er jetzt festgenommen. So geht transgender-übergreifende Bereicherung auf Arabisch!

#RANGSDORF: In der Nähe des Bahnhofs wurde am Dienstag gegen 18.00 Uhr ein 60-jähriger Argentinier von einem 36-jährigen Ägypter erstochen! Das war sicher der Bruder von der Schwanznase weiter oben.

#MAFIA: Ein Mafia-Experte packt aus. „Bis zu 50.000 Mitglieder der italienischen Mafia leben in Deutschland."

Das beruhigt mich! Denn wenn die hier lebenden Ägypter komplett durchdrehen ist wenigsten einer da, der sie in Schach halten wird! Motto: „Tutti paletti Spaghetti"

#NATUR: Die Erde verschluckt Unmengen an Wasser. Und keiner weiß wohin!

Ich hab da so einen leisen Verdacht! Ich glaube, Til Schweiger zwackt das für sein Lokal in Hamburg ab und verlangt 8,50 € pro 0,2 Liter. ☺ Muha

#NIKOLAUS, OH NIKOLAUS, HOL DAS MOIN-BRIEF RAUS.
MACH ES ZUM BESTSELLER
SONST KOMMT KNECHT RUPRECHT
UND SPERRT DICH IN DEN KELLER

Feddich

ELMI (Red nose)

07. Dezember 2018

#PRESSE: Der Spiegel bringt die Schlagzeile: „WAS VON MERKEL BLEIBT"

Das war aber einfach … FLÜCHTLINGE!

#KOHLE: Da wir gerade davon reden, die Kosten für Migration belasten die deutschen Haushalte. Man rechnet mit Ausgaben von 50,7 Milliarden Euro in den nächsten sechs Jahren!

Geld, das für Bildung, Altersversorgung und Kitas fehlen wird. DIE SCHAFFEN UNS!

#POLITIK: Der adipöse Rollmops, der Moby Dick der CDU, der Vorsitzende der Hasenscharten Selbsthilfegruppe, das Phantom der Opera für Merkelversteher macht sich stark für AKK (Annegret Dingens, das Trockenblumenarrangement der katholischen Weiberriege). „Nur mit ihr könne die CDU die nächste Wahl gewinnen."

Darum geht's und sonst um nix! Die nächste Wahl gewinnen. Wie wärs mit: „Wir tun alles, um den deutschen Wohlstand und Glück zu erhalten"? Dann würdet ihr auch wieder gewählt werden ihr Spakken!

#EHE: Ich frage mich, ob das Gesetz: „Ehe für alle" nichts anderes ist als eine legale Hintertür für Muslime, mehr als eine Frau zu haben.

Gilt natürlich nicht für Deutsche, wir dürfen nur unseren Hamster ehelichen. Beim heiligen Bart der Ziege, so wird's kommen!

#GERÜCHT: Stimmt es, das Reiner Calmund demnächst ein eigenes Wettbüro aufmacht?

Es soll „FAT & WIN“ heißen. Kann ein Fake sein, aber geil wärs schon!

Feddich

ELMI (Zen-Meister der gepflegten Pöbelei)

08. Dezember 2018

#DÄNEMARK: Dänen verschärfen Vorschriften für Asylbewerber! Straffällig gewordene oder abgelehnte Ausländer, die das Land verlassen müssen, werden zukünftig auf einer Insel untergebracht! Hey, Sylt und Rügen wären noch frei. Alla hopp! Gehen wirs an!

#BERLIN: Der Petitionsausschuß des Bundestages hat sich auf die Schließung des Diskussionsforums zum UN-Migrationspakt verständigt. Das Forum wurde geschlossen wegen „unsachlichen, beleidigenden, agitatorisch strafrechtlich relevanten“ Beiträgen.

Mimimimi, heult nicht rum, ihr Flaschen. Wer einen stumpfsinnigen Vertrag entwirft, der unser Land ruinieren wird, kriegt Gegenwind! Basta!

#LEISE RIESELT DER SCHNEE: Es heißt jetzt nicht mehr Weihnachtsmarkt sondern „Christen Ghetto mit Glühweinhintergrund!“

#WEIHNACHT: Tipp: An den Festtagen bitte nicht„Ihr Kinderlein kommet“ singen! Könnte zu Missverständnissen führen!

Feddich

ELMI (Träger der gelben Weste am Band)

10. Dezember 2018

#POLITIK: CDU verkauft Parteitag als großes Kino! Mir kams eher so vor wie ein Treffen vom örtlichen Taubenzuchtverein. Und so ähnlich war auch das Ergebnis. Ja nix ändern, sonst ist unser Job in Gefahr. In jedem anderen wären sie nämlich arbeitslos!

#YOUNGSTER CDU: Kürzlich in Talkshow gesehen: Jungpolitikerin mit Indiohut tief im Gesicht! Sprach von: „Inszenierten Sicherheitsbildern“ und „überlebten Verortungen“. Hä? Da wünschen wir weiterhin „gute Verrichtung“! Wollt ihr noch einen?? Okay: „Zukunftskonzepte seien auf der Rechts-Links-Achse nicht sichtbar!“ Ich hoffe, sie rasiert sich wenigstens ihre eigene Achsel! Mein Tipp: Auf nach Peru und Inkas ausgraben! Wir alpaka das schon alleine. Vier von meinen Tanten hängen noch in den Anden!

#BELGIEN: Belgiens Regierung zerbricht am Migrationspakt! Europa wird auch daran zerbrechen! Jede Wette! Ist nicht heute der Tag, an dem dieser Mistvertrag unterzeichnet werden soll? Vielleicht haben wir es nicht anders verdient!

#ITALIEN: 60 Prozent der Einwanderer in Italien sind in Rente, ohne jemals in das System eingezahlt zu haben. Gibt's bei uns demnächst auch. Motto: Wieso Arbeit, wenn's auch ohne geht?

#MURMELTIER: Massenschlägerei in Ludwigshafen! Einer hatte sogar zufällig eine Axt dabei! Auslöser der Auseinandersetzung war wohl die Beleidigung einer Frau!

„Ey, Alde, dein Frau is so dick, wenn die an Fernseh vorbeigeht, verpasch du drei Folge von ‚Two and a half man'!" Da kann man schon mal zur Axt greifen.

Feddich

ELMI (Anden-Führer und Alpaka-Lotse)

11. Dezember 2018

#MARRAKESCH: Wenn mein Opa noch leben würde, hätte er wohl gesagt: „Unternehmen Wüstensturm verrommelt". Der Pakt mit dem Teufel wurde besiegelt und unterschrieben. Ein letztes Geschenk der Tröte aus Templin. Jetzt ist es amtlich, Deutschland wird zu Kalkutta in Windeseile. Scholl-Latour hat recht behalten. Ich glaube, an dieser Gülle werden wir uns verschlucken. Nun denn, jetzt sind se halt mal da.

#TV: AKK bei ANAL WILL: Die Frau, die sich anschickt, vielleicht mal Bundeskanzlerin zu werden, hat miese Bilanzen. Die Marktleiterin des Saarlands hat die höchste Pro-Kopf-Verschuldung eines deutschen Bundeslandes aufzuweisen. Wäre das Saarland ein eigener Staat, hätten wir heute den Migrationsvertrag in Saarbrücken unterzeichnet! Mehr Mittelmaß geht nicht!

#ROSAMUNDE PILCHER IN NEUKÖLLN: Abendämmerung, eine zauberhafte Winterstimmung, sanfter Kameraschwenk auf eine Shisha Bar im Bogota Berlins!

Zwei Dummbolzen mit Migrationshintergrund diskutieren kurz, dann Schlägerei! Schnitt! Einer geht in die Bar und findet seine Cousins (eigentlich sind da alle irgendwie verwandt), kommt wieder raus und dann stechen sie die Kontrahenten einfach ab. Während die mutigen Täter flüchten, versinkt die Sonne hinter den Bergen. Leise erklingt ein arabisches Volkslied auf einer vierseitigen Stachelgeige im Abendrot, dann kommen die Lottozahlen!

#HONIG im HEAD: Der neue Film von Til Schweiger floppt in den USA! Nur 7.000 Euro eingespielt! KEINGELDHASE! Jetzt steigen sicher die Mineralwasserpreise in seiner Kneipe!

Feddich

ELMI

12. Dezember 2018

#STRAßBOURG: Schüsse in der Stadt. Viele Verletzte und bis jetzt mindestens drei Tote!

Täter???? Na wer schon? Französischer Staatsbürger mit nordafrikanischen Wurzeln und Verbindungen nach Deutschland und da auch schon vorbestraft. Das Fest der Liebe naht, da wird der muslimische Durchschnitts-Gefährder leicht mal wuschig. Täter immer noch auf der Flucht, Grenzkontrollen am Rhein, höchste Terroralarmstufe in Frankreich!

#BERLIN: Neues von den Bekloppten. Die bunte Hauptstadt kriegt zwei neue Feiertage. Der 8. März wird als Frauentag gefeiert. Wir nennen ihn mal den Saffsan Cheebli Dummtweet Tag. Und natürlich der 8. Mai! An diesem Tag wurde die deutsche Wehrmacht 1945 endgültig geschlagen. Pffff - ich kann nicht mehr. Das feiern die? Kommt, ihr Dachlatten, dann nehmt wenigsten den 8.8. auch noch als Feiertag dazu! Irgendwas Blödes wird euch ja dazu noch einfallen!

#BAMBERG: Bambule im Ankerzentrum. Mehrere Asylanten griffen Wachpersonal, Feuerwehr und Polizei mit Steinen an. Diesmal fehlte der Eritrea-Schoko-Brotaufstrich, vermute ich mal. Oder sie haben einfach ihre Freude über den Migrantenpakt zum Ausdruck bringen wollen! Mein Tipp: Anker kappen!

#PRESSE: Das „TIME MAGAZINE" kürt Khashoggi zur Person des Jahres! Fragt man sich natürlich unwillkürlich, welcher Körperteil?

#BREXIT: MAYDAY, MAYDAY! Sieht so aus, als ob es einen harten Brexit gibt! Aber der Chef der EZB wird in diesem Fall wieder die Gelddruckmaschine für Anleihekäufe anwerfen. Würde mich nicht wundern, wenn sie ihn eines Tages tot aus dem Auto draghi!

Feddich

ELMI (Helene Fischer Double)

13. Dezember 2018

#STRASSBURG: Immer die gleiche Leier: Betroffen sein, Kerzen aufstellen, „JE SUIS STRASBOURG" posten, dann darauf hinweisen, dass diese Tat nicht instrumentalisiert werden darf. Auf keinen Fall den Islam und Muslime ins Spiel bringen.

Dann zur Tagesordnung übergehen. In der Zwischenzeit klaut der Mörder ein Taxi! Und wie wir die Muslim Brüder kennen, schaltet der sicher nicht vorschriftsmäßig den Taxameter ein! Ich hab es so satt!

#KNAST: Nur wens interessiert, die Zahl der ausländischen Häftlinge ist weiter beängstigend gestiegen. Inzwischen ist fast jeder dritte Verbrecher Ausländer. Die Liste wird angeführt von den Türken. Echt jetzt?? Boa, ey Alde, erzähl mehr! Trotz der großen Belastung durch diese Intensiv-Straftäter wird nur selten vom Instrument der Haftvollstreckung im Herkunftsland Gebrauch gemacht! Hat wahrscheinlich noch mit dem 8. Mai 1945 zu tun, oder mit der Tatsache, dass hier mittlerweile alle plem-plem sind!

#SCHWEIZ: Ein Soziologieprofessor an der Uni Basel veröffentlichte einen Artikel in der New York Times mit der klaren Erkenntnis: „Sozialer Niedergang im Herzen Europas": „Es spielt keine Rolle, wer Merkel ersetzt. Deutschland ist zerbrochen!"

Ich will mich ja nicht aufdrängen, aber genau das steht auf dem Cover meines neuen Buches „Freiluftklapse Deutschland - Germany kaputt". Aber mir wills ja keiner glauben.

#TV: Kommt heute Abend mal zur Abwechslung ne Live-Talkshow? Eventuell mit Martin Schulz? Vielleicht geht er ja dann während der Sendung wieder einen Bob in die Rennbahn drücken! Wär ja geil!

Feddich, ELMI (Kakophonie Systemspezialist)

PS.: JE SUIS COMPACT https://www.compact-shop.de

14. Dezember 2018

#ALLLAAAAH: Frankfurter Grünenpolitikerin Dr. Nargess-Dingens-Irgendwatt ruft den deutschen Bürgern, die gegen den Bau von Moscheen sind, zu: „Wenn es Ihnen nicht passt, dann wandern Sie aus!"Genau das mache ich, denn ich bin Gegner von Moscheen! Mich beschleicht nur der unangenehme Verdacht, dass wenn Sie das Land restlos an die Wand gefahren haben, Sie mir in ein blühendes Land nachziehen und der ganze Humbug fängt wieder von vorne an! Und zudem sind mir Frauen mit Doppelnahmen ohnehin suspekt!

#TV: Talkshows sind oft doof, doch ab und an gibt's lichte Momente! Helmut Markwort, FOCUS Gründer, hatte so einen. Er watschte Annegret Karre-Dingens und ihren Stiefel-Knecht erbarmungslos ab: „Erfahrungslos, beruflos, linker als Merkel!" Meine Rede!

#BERLIN: Hammer an einer Kita! Eltern sollen 120 Euro im Monat zuzahlen, oder ihr Kind erhält kein Frühstück, keinen Nachtisch und keinen Musikkurs! Okay, Orientalische Klänge in der Kita müssen nicht unbedingt sein, aber bitte, bitte nicht den Nachtisch verweigern. Da sind schon ganze Flüchtlingsheime abgefackelt, weil was mit dem Pudding nicht stimmte!

#JUSTIZ: Europäischer Gerichtshof entscheidet: Deutscher Rundfunkbeitrag ist rechtmäßig! Konnte man kommen sehn! Reschke, Welke und Kleber im Glück! Ausgesorgt bis zum Sankt Nimmerleinstag und links wie Bolle. Armes Deutschland, meine Fresse, äääh, Presse!

#SAGA: Und morgen erzählen wir euch das Märchen vom erfolgreichen Saarland, dem Silicon-Valley der Besitzlosen!

17. Dezember 2018

#BRÜSSEL: Über 5.000 Demonstranten in der Hauptstadt gegen diesen unsäglichen Migrationspakt, den Wischi-Waschi Lappen der vagen Formulierungen. EU Gebäude sollte gestürmt werden. Polizei schreitet massiv ein. Wieso formt sich eigentlich immer nur massiver Protest in unseren Nachbarländern und wir gucken weiter Sportschau?

#AIRBUS: Zwischenfall im Kanzler-Airbus bleibt rätselhaft. Laut Untersuchungsbericht konnte Ursache für ausgefallenes Funksystem nicht gefunden werden. Wahrscheinlich arbeitet der selbe Typ dran, der vergessen hat wo der Hauptschalter fürs Licht im BER-Flughafen ist!

#BADEN-BADEN: Im Vorbeigehen bei BILD aufgeschnappt: „Die Pensionskasse der ARD soll in finanzielle Schwierigkeiten gekommen sein." Interner Stresstest soll mehr als lausig ausfallen. Na bravo! Da bin ich mal froh, dass ich dort nie eingezahlt habe!

#BERGAMO: Der Verkauf einer leerstehenden Kirche hat in der italienischen Stadt viel Staub aufgewirbelt. Muslime haben das katholische Gotteshaus ersteigert! Tja, wenn man halt pennt, passiert sowas! Dabei hätten sie mal vorher das Handbuch für Mokkatassenmaler aus Jericho studieren sollen. Da steht unter Regel Nummer Eins: „Zuerst Claim abstecken, Boden sichern, danach gebärmuttern wir sie weg!" Einfach mal wieder Karl May lesen! Das nennt man auch frühorientalische Salamitaktik halal. Jeden Tag ein bissel mehr an der Dattel drehen ...

#CDU: Also, was diese Partei zur Zeit zu bieten hat, ist ziemlich Laschet! Die Trümmer die uns Madame Migrapack hinterlässt, werden aus dem einstigen EL DORADO Europas ein Aleppo für Transferfetischisten machen. Dagegen war Berlin 1945 ein Luftkurort!

Feddich

ELMI (Klimaschutzbeauftragter der Swinger-Club-Sauna in Castrop Rauxel)

18. Dezember 2018

#SPD: Lange brodelt es schon bei der Loserpartei der Überforderten! Jetzt will man wiederum einen Versuch machen, Thilo Sarrazin auszuschließen. Sein Buch über die Wahrheiten bezüglich des Islam würden der Partei schaden. Ihr Dämlack-Pfeifen. Euch schaden Dachlatten wie Pöbel-Ralle, Eidann Ötzwotz, Dumm-Tweet Cheebli, Heiko Freisler, Promille-Maddin, Pädo-Edathy, Tourette-Isch-Schäm-Mich-Molly und Hüpfburg-Anales.

Wenn alle so wären wie Sarrazin, könnte man euch wieder wählen!

#SCHOKOLADE: Jetzt schlägts 13!!! TOBLERONE goes „Halal“. Kein Witz! Ich hab gebetet, bitte nicht meine Lieblingsschokolade! Heute habe ich die letzte gekauft. Ich schick sie euch, dann könnt ihr sie euch tief in euren St. Gotthard Tunnel stecken.

Ein weiterer Kniefall vor dem Islam! Schämt euch! So was nennt sich „Unterwerfungsschokolade" beim heiligen St.Matterhorn noch mal!

#URBI ET WÜRGI: Der Papst gibt seinen Segen für den globalen Migrationspakt! Tät ich auch machen, wenn ich Papst wäre, denn der Vatikan gehört nicht zur UN! Wenns also mal migrationstechnisch aus dem Ruder laufen sollte, mobilisiert er seine Schweizer Garde und setzt sich in seinen heiligen Stuhl. Dann wäscht er seine Hände in Schokopudding, halal!

Ich dreh hier noch durch!

#RUSSLAND: Eine 15-jährige starb in der Badewanne durch Stromschlag, als ihr Handy, das noch am Ladekabel hing, ins Wasser fiel! Fallen da Roaming-Gebühren an oder läuft das unter sibirisches E-Book? Wie auch immer, jetzt Flatrate!

Feddich

ELMI (Föhntester im Hallebad)

19. Dezember 2018

#1933: Es ist wieder soweit! „SPIELT NICHT MIT AFD KINDERN!!"

Berliner Schule will das Kind eines AFD-Politikers nicht aufnehmen. Okay, es war nur eine Waldorfschule, also bleibt dem Kind erspart, dass es seinen Namen tanzen muss, aber bedenklich ist es schon. Aber was erwartet man im versifften Grün-Links Milieu?

Demokratie? Toleranz??? Das könnten nicht mal die Lehrer vortanzen! Setzen! Sechs!

#HALLALLODRIO: Focus fragt: „Wieso stellen Haribo, Snickers und Wiesenhof immer mehr Halal-Produkte her?" Kann ich nicht spontan beantworten, aber ich denke, vielleicht haben sie Minderwertigkeitskomplexe oder einfach einen Lattenschuss! Kann aber auch sein, dass alle Angst haben, dass die Angehörigen der Religion des Friedens ihnen vielleicht sonst den Laden verwüsten! Focus recherchiert weiter! Dranbleiben!

#STUDIE: Migrantenfamilien und ihre Ableger können am effektivsten in Wohngegenden mit hohem Anteil von Links-Grün Wählern integriert werden. Ist das nicht toll? Dort erhalten unsere Bereicherer die nötige Fürsorge und Betreuung.

Könnte auch eine Lösung für die sein, die Migration und ihre Auswirkungen nicht so pralle finden. Die Weltverbesserer wären dann unter sich! Verdient hätten sie es!

#BERLIN: Linken-Politiker Hakan Erkan Sikan hat betrunken einen Unfall gebaut und ist dann abgehauen. Ich glaube, auch bei den heiligenscheintragenden Dummbratzen der Linksabbieger dürfte das als Fahrerflucht mit Halalhintergrund gewertet werden. Zuerst reagierte er nassforsch, jetzt heult er um Vergebung! Tja, Wasser predigen und Wein saufen! So sindse halt. Wir machen einen Hakan dran!

Feddich

ELMI (Glühweinpanscher)

20. Dezember 2018

#EINDRINGLINGE: In Köln ist die Zahl der illegalen Goldsucher aus Albanien, Mazedonien und Serbien gewaltig gestiegen. Sie alle hätten hier nichts zu suchen, aber es hat sich im Balkan wohl rumgesprochen, dass in NRW die meisten Doofen leben. Das sind die ersten Nachwirkungen dieses dämlichen UN-Vertrags. Okay, der Drops ist eh gelutscht. Lassen wir Köln weiter verbalkanisieren, was unendlich traurig macht! Köln war mal ne geile Stadt!

#BERLIN: In Neukölln, wo auch sonst, wurde ein Beamter vorsätzlich mit dem Auto angegriffen und überfahren. Täter kommt aus libanesischer Großfamilie und ist Intensiv-Straftäter! Körperverletzung, Raub etc. (Standardprogramm für Deppen). Ein Polizei-Kollege gab noch einen Schuss auf das fahrende Auto, hat aber leider nicht getroffen. Täter auf der Flucht in den Schoß der Großfamilie! Better luck next time!

#ASCHAFFENBURG: Skelettfund stammt von der 16-jährigen syrischen Mezgin. Sie wurde Opfer eines Gewaltverbrechens! Dringender

Tatverdacht gegen ihren Vater. Vielleicht hatte sie ja den falschen Freund und hat die Ehre der Familie besudelt. Vielleicht wollte sie auch nur in Freiheit leben. Schade!

#WEIHNACHTSKARTENWUNDERLAND: Integrationsministerin der CDU wollte witzig sein! Sie schreibt ne öffentliche Karte: „Egal woran Sie glauben ... wir wünschen Ihnen eine besinnliche Zeit!“ HO HO HO Frau Trulla-Doppelnamen: „Unser Land, unsere Werte, unser religiösen Feste!“ ES HEISST WEIHNACHTSFEST! Basta! Wenn Ihnen das nicht passt, schmücken wir Sie mit Lametta und stellen Sie zum Freitagsgebet in einer Moschee auf.

Ich frage mich immer, wie Menschen mit einem IQ von Tannenzapfen überhaupt zu solch einem Job kommen!

Feddich

ELMI (Lametta Linksträger)

21. Dezember 2018

#DAS MÄRCHEN VOM GUTEN MIGRANTEN: Es war einmal ein Flüchtling, der begann seine Flucht mit einer Lüge! Er sei erst 17 wie alle anderen Wandervögel auch. Er hat aber nur geschwindelt, weil er sich die Zukunft nicht verbauen wollte! Muss man so hinnehmen. Und seine Zukunft schien rosig! In jeder halbwegs vorzeigbaren Talkshow war er als Gast geladen, denn hier war er endlich, das Edelmetall und beste Beispiel gelungener Integration.

Boettinger, Augstein, Dunja Halli Galli und sogar die ehrenwerte Zeitung „Huffpost", die Furzbeilage des Focus, schwelgten im Glück. Und natürlich unser Migra-Aschenbrödel aus Berlin, DummTweet Schäbli schrieb: „Lieber Aras, bitte lass dich nicht einschüchtern von diesen ganzen Hatern, Rassisten, Nazis, Hetzern. Deutschland braucht dich! Ich bin froh, dass du da bist!"

Jetzt gerade, wo mir vorweihnachtlich warm ums Herz wurde, erfährt man, dass der Bub wegen mehrfacher sexuellen Belästigungen vom Amtsgericht Lemgo verurteilt wurde. Er streitet das zwar ab, und erklärt: „Das ins Ohr stöhnen und Angrabschen von Mädchen könne ein Resultat eines Traumas während seiner Flucht sein." Allah. Halla. Muha!

Und siehe da, auf wundersame Weise verschwinden seine gemeinsamen Fotos in der Timeline bei unseren Talkshow Erziehungsmedien! Aber www.vergisst nie! www.hat Kopie!

#KÖLN: Das Märchen vom rumänischen Straßenmusiker! Das Landgericht verhandelt einen vorbestraften Sex-Täter, der im Lohsepark in Nippes vor einer Spaziergängerin onanierte. Seine Rechfertigung gestaltete sich simpel: „Ich habe Kugeln im Penis und die müssen bewegt werden!"

Gerade höre ich bei uns am Strand ein weiteres Exemplar akkordeondudelnder Vollspacken, der seit vier Stunden „Jingle Bells" spielt. Ich geh mal runter und frage ihn, ob er auch Kugeln im Penis will. Dann schmeiß ich seine Handorgel ins Meer!

#EHE: Helene Fischer trennt sich von Florian Silbereisen! Ui, hat Glööööökler schon angerufen??

Feddich

ELMI (Heimorgler)

Januar 2019

☜●❍♓⬧ ❍□♓■♌❒♓♐■

Elmis moinbrifn

07. Januar 2019

#POLITIK: Grünen Chef Habeck (der Mel Gibson der Arbeitslosen) hat sich wohl vertwittert. Er wollte Demokratie in Ostdeutschland einführen! Partei löscht panikartig Tweet nach massivem Shitstorm. Das ist das Problem mit den Grünen: Sie haben einfach keine Eier!

Abwählen!!

#LEIPZIG: Asylant (16) sticht Deutschen am Bahnhof nieder! Schwerverletzt! Es wird wohl nie enden! Ich würde vorschlagen, jeder Politiker links von der AFD sollte ohne Bodyguard eine Nacht an einem Bahnhof verbringen müssen. Aber selbst dann würden sie es wohl nicht raffen!

#ZweiHerzenimDreivierteltakt: Sophia Thomalla und Loris Karius, zwei tätowierte Vollgranaten haben sich noch kurz vor Ende des Jahres gefunden! Da sind Zwei, die gut zueinander patzen! Zwei, die gern mal einen reinlassen!

#QUIZ: Von welchem französischen Intellektuellen, nach dem Genuß von vergoldetem Fleisch, stammt folgende Weisheit:

F**** eure Mutter, f**** eure Großmütter, f**** euren Stammbaum?

A. Giscard de'Steak

B. Ali Muhamett

C. Charles de Gold

D. Froonck SpareRibéry

Es winkt ein Preis von einem Louis D´or.

Feddich

ELMI (Der goldene Dödel)

08. Januar 2019

#AMBERG: Vier Jugendliche (Affghane, Syrer etc.) schlagen wahllos auf Passanten ein, auch als diese versuchen zu flüchten! Das nenne ich echte „Hetzjagd". Neun Verletzte!

Das waren sicher nur traumatisierte Glückskekse auf Sinnsuche, oder das Trainingslager für Silvester Nacht! Bumm!!!!

#KÖLLE: Großeinsatz nach Schüssen in Kölner Innenstadt - mehrere Personen flüchtig! Hans, Uwe, Jens, sofort zurückkommen!

Köln, das Aleppo des Rheinlandes. Die Perle des Balkans. Das Bogota der Narren! Dort wo man gut und sicher lebt!

#POLITIK: Es gibt Gerüchte, dass die Tröte aus Templin die Führung des Landes bereits im

März in die Hände von Trockenpflaumen-Annie aus Saarbrücken übergibt! Vielleicht hat sie ja Angst, dass sie in den Knast geht für die komplette Zerstörung unseres Landes. Wenn, bitte ohne Bewährung.

#BUNTES: Amberg-Prügler (abgelehnte Asyltrickser) kommen ungeschoren davon. Keine Abschiebung möglich. Wenn man diese Gewaltverbrecher aus Gottes vierter Garnitur nicht innerhalb von 24 Stunden ausfliegen kann, egal wohin, sollte man vor seinem Land keinen Respekt mehr haben. Schämt euch!

#TWITTER: Anja Reschke Tweet: „Vorsatz für 2019: wütende, weiße Männer in den Arm nehmen und ihnen sagen, dass sie immer noch tolle Hechte sind!"

Mein Re-Tweet dazu: "Nicht mal, wenn sie nackt vor mir kniet!"

Feddich

ELMI (Oralsex-Therapeut)

10. Januar 2019

#Schleuser-News: Jetzt also doch, Europa knickt ein. Über fünfzig Flüchtlinge können in Malta von Bord des Shuttle-Service-Schiffes für Transferschnorrer "Seawatch". Zusammen mit weiteren 200 Facharbeitern werden sie nun in verschiedene EU Länder verschickt. Die Botschaft: Immer weitermachen! Die doofen Europäer werdens hinnehmen.

#KÖLN: Ca. 800 Reisefreunde aus den Karpaten wurden mit Spruchbändern und „Mörder"-Rufen vor einem Krankenhaus vorstellig. Viele direkt aus Bulgarien angereist.

Grund: Ein Kind starb nach Fehldiagnose! Lungenentzündung nicht richtig diagnostiziert. Kann man wohl in deutschen Krankenhäusern nicht mehr erwarten.

Deshalb mein Tipp: Das nächste Mal gleich Klinik in Sofia anfahren. Spart auch die beschwerliche Anreise.

#PRESSE: Neue Kiosk-Minusrekorde für Spiegel, Stern und Focus. Wieso krieg ich jetzt das Grinsen nicht mehr aus dem Gesicht? Sie sollten Relotius wieder einstellen! Der Deutsche wills romantisch inklusive Rosamunde Pilcher Sonnenuntergang, am besten auf dem Traumschiff mit Kurzauftritt von Helene Fischer.

#BUNDESBAHN: Zugverkehr soll neu geordnet werden. Flüchtlinge sollen in Blitzkursen zu Lokführern ausgebildet werden! Und jeden Tag nähern wir uns ein wenig Kalkutta. Happy Prellbock.de.

#BUNTLAND: Deutschland belegt in Sachen Standortattraktivität unter 21 Nationen den Platz 16! Für ein Land, das bei der Fußball-WM in der Vorrunde ausscheidet, gar nicht mal soooo schlecht!

Feddich

ELMI (Weichensteller bei Facebook)

11. Januar 2019

#ZUKUNFT: Finanz-Buddha Olaf der Dicke erwartet baldigen Abschwung Deutschlands.

„Die fetten Jahre sind vorbei." Die waren schon 2015 vorbei (Anmerkung des Verfassers).

Aber das ist es was ich an der SPD so liebe. Dieser ungebrochene Optimismus und das Selbstvertrauen in unsere Zukunft! Höchste Zeit diese Schwachmaten abzuwählen, die uns diese Suppe eingebrockt haben.

#BAHNHOFSMISSION: Dass das ausgerechnet einem Grünen-Politiker passieren muss!

Nach einem kurzen Skiurlaub statt um 19 Uhr mit Verspätung erst um 23.45 Uhr in Tübingen am Bahnhof angekommen. Mit dem kleinen Sohn auf dem Arm wurde Boris Palmer erst bedrängt, dann gestoßen. Nur mit Mühe erreichte er das Taxi. Hätten nicht einige aus der Gruppe die aggressiven Afrikaner zurückgehalten, hätte er vermutlich einen Termin mit der Notaufnahme in der Klinik machen können. Ab 22 Uhr wirds Deutschland eben schwarz!

#WIEN: Etwas besser liefs für eine 21-jährige Schweizerin. Die wurde von einem Dreckstück begrapscht und wehrte sich sofort mit einem Abwehrschlag und brach dem Afghanen die Nase! Ihr wisst schon, was jetzt kommt! Anzeige wegen Körperverletzung! Vielleicht sollte sie das nächste Mal ihm auch noch die Kauleiste bügeln.

#JUSTIZ: Der Bundesinnenminister möchte Regelverschärfung gegenüber kriminellen Asylanten durchsetzen. Sofort das Veto der SPD-Tröte Harly-Barly! Manchmal kann man sich nur noch an den Kopf langen. Es ist wie mit Herpes, hast du ihn einmal, hast du ihn immer!

Feddich

ELMI (Seuchenexperte)

12. Januar 2019

#POLITIK: Afghanistan verweigert einem abgeschobenen Straftäter die Einreise und schickt ihn zurück nach Deutschland. Diese Rückholaktion im Business-Jet kostet den Steuerzahler schlaffe 25.000 € ! Das Geld ist futsch, man hätte es zum Beispiel an Obdachlose oder arme deutsche Kinder verteilen können. Aber jetzt haben wir halt wieder einen Verbrecher mehr! Läuft!

#UNTERHALTUNG: Entertainer Jürgen von der Lippe würde nie ein Witz über den Islam machen, da wäre ihm sein Leben wichtiger! Wo er recht hat! Wie sagte schon der alte Freud? „Über einen Witz macht man gefälligst keine Witze."

#USA: Die 42-jährige demokratische Politikerin Rashida Tlaib zeterte bereits am ersten Tag als Kongressabgeordnete über US-Präsident Trump: „Wir entheben diesen Motherfucker, seines Amtes." Ziemlich drastisch, aber schön, dass es aus dem Munde einer Frau kam!

#FUSSBALL: Schadenersatz Klage gegen Dembele von seinem Ex-Vermieter in Höhe von 20.000 €. Er hat sein gemietetes Objekt in „erbarmungswürdigen Ordnungszuständen" zurückgelassen und war einfach abgehauen. Ich hab mir die Fotos angeschaut und finde, dass - für die Bezugsgruppe, aus der er kommt - das noch recht ordentlich war.

Feddich

ELMI (Der kleine Putzteufel)

15. Januar 2019

#JENA: 87-jährige Frau von Asylant (23, Afghane) ermordet!

#IQ-TEST: Nobelpreisträger James Watson verliert seinen Ehrentitel. In der „Sunday Times" äußerte er sich pessimistisch über die Zukunft der Bewohner Afrikas!

Zitat: „... Unsere Annahme, dass die Intelligenz dieselbe ist wie unsere, obwohl alle Tests sagen, dass dies nicht so ist ..."

Wahrheit verträgt vielleicht keine Ehrentitel.

#UNWORT: Das Unwort des Jahres 2018 geht an „Anti-Abschiebe-Industrie".

Glückwunsch! Der mafiöseste Industriezweig der Gegenwart!

#USA: Trump macht Druck gegen die Türkei! Botschaft: „Greifst du die Kurden an, ruinieren wir dich finanziell!" Eine eindeutige Botschaft, die sogar Einzellern einleuchtet.

#CLAN: Razzia mit 1.300 Polizisten im Einsatz in NRW gegen Familienclans. Großer Erfolg!

Vier Wasserpfeifen beschlagnahmt. Clans zittern vor Angst und tragen sich mit dem Gedanken, Deutschland für immer zu verlassen! Okay, das war Fake, aber man darf ja mal träumen!

#BUNTLAND: Deutschland kommt mir so langsam vor wie eine Bird-Box-Challenge!

Alle tragen Augenbinden und rennen immer an die gleiche Wand!

Feddich

ELMI (Der Ex von Brex)

21. Januar 2019

#POLITIK: Friedrich Merz geht zu seiner alten Firma BlackRock als Aufsichtsratsvorsitzender zurück! Was soll er auch als erfolgreicher Geschäftsmann in der Politik? Leute, die uns politisch helfen könnten und hoch spezialisiert sind, brauchen unsere Politiker nicht. Da kommt nur Erfolgsneid auf.

Unsere Diäten-Pfeifen sind mehr damit beschäftigt, ihren Verwandten Jobs zu verschaffen. Da sollte ein Macher wie Merz gefälligst bitte nicht stören.

#GANGSTER: Ein Clan-Aussteiger erklärt die zwei besten Wege, wie sich kriminelle Familienclans bekämpfen lassen. Der eine Weg führt ins Zeugenschutzprogramm, der andere auf eine Beerdigung!

#GELSENKIRCHEN: Großeinsatz am Hauptbahnhof. Zwanzig bis dreißig jugendliche Migranten randalierten und griffen Straßenbahn-Mitarbeiter und Passanten an! Keine Sorge. Die wollen nur spielen. Trainingslager für die olympischen Deppenspiele im Ruhrpott 2020!

#JUSTIZ: AFD-Mann muss Noah Becker 15.000 € Schmerzensgeld abdrücken! Er hatte ihn in einem Interview als Halbn**** bezeichnet! Könnte ein Geschäftsmodell werden. Mal drüber nachdenken! Was kostet dann Voll****? Das Doppelte?

#FILM-FILM: Die sehr erfolgreiche Serie "Babylon" sucht Statisten für die neue Staffel. Über 5.000 meldeten sich. Man sucht vorwiegend Einarmige und Menschen mit Glatze. Leuchtet mir ein! Worauf sollten Einarmige denn sonst klatschen?

Feddich

ELMI (Don Babylon)

22. Januar 2019

#BREXIT: Raus oder rein, das ist hier die Frage. Es werden Stimmen laut, die ein neues Referendum für Großbritannien fordern! Nach dem

Motto, wir stimmen so lange ab, bis es passt! Das ist ungefähr so, als wenn man eine schwängert und nach acht Monaten sagt: „Können wir das rückgängig machen, war doch nicht so eine gute Idee?"

#STUTTGART: Heute Gerichtsverhandlung gegen einen Asylbewerber aus Afghanistan. Der hatte einen Familienvater im Dunkeln abgestochen, aus Versehen natürlich! Denn eigentlich wollte er seine Tochter umbringen, vermutlich wegen Eifersucht oder beschmutzter Ehre und so.

Kann mal passieren, denn nachts sind alle Katzen grau, heißt es in diesem afghanischen Sprichwort. Der schuldkultkonditionierte Systemdeutsche in mir tendiert zu Freispruch.

#POLITIK: Wenn die so genannten großen Volksparteien nur die Hälfte ihrer Energie darauf verwendet hätten, dieses Land wieder auf Vordermann zu bringen, anstatt alle Kraft dafür einzusetzen, die AFD zu verhindern, wäre diese Partei obsolet!

#ZUKUNFT: Israels Tora-Gelehrter ist sich absolut sicher: „Die Zehn Plagen aus Ägypten werden dieses Jahr zurückkehren." Wenns doch nur bei zehn bliebe. Ich bin mir sicher, es werden Zehntausende sein!

Feddich

ELMI (FACEBOOK PROPHET)

23. Januar 2019

#JUSTIZ: Ich glaube, die sibirische Kältepeitsche wirkt sich auf die deutsche Rechtsprechung aus! Afghanischer Messerkünstler (Hassan, 18) ersticht sein Opfer (Jose, 20, Flüchtlingshelfer) mit sechs Stichen in die Brust. Streitpunkt, Freundin des Getöteten!

Urteil: FREISPRUCH; NOTWEHR!

Zuerst habe ich leicht gezuckt und dachte spontan: „Richter bekifft??" Aber dann wurde mir klar, dass in dieser Bezugsgruppe das wohl als Aufwärmprogramm zählt!

#ESSEN: Prozess um „Ehrenmord" am Schwurgericht. Angeklagt sind elf Männer und zwei Frauen. Läuft in Syrien unter Kleinfamilie. Vorwurf: Gemeinschaftlich geplanter, heimtückischer Mordversuch! Die Familie soll versucht haben, den neuen Freund ihrer bereits versprochenen Tochter zu skalpieren und zu töten! Damit wäre die Familienehre wieder hergestellt.

Skalpieren?? Das machten doch bei Karl May früher immer nur die Indianer! Old Shatterhand, übernehmen Sie, am besten mit dem Henrystutzen!!

#HANNOVER: Die Stadt führt gendergerechte Sprache ein! Es gibt also in Zukunft keine „Lehrer" mehr sondern „Lehrende"! Mir hätte „Leerkörper" sehr gefallen! Protokollführer wird zu: „Jemand wo schreibt es Protokoll" Ich hätte auch noch einen, für alle die ein drittes Geschlecht anstreben. Wie wärs mit „Schwanznasen"?

#TOLERANZ: Man könnte doch mal die Religon des Friedens testen. Den nächsten St. Christopher Street Day lassen wir dieses Jahr mal durch Berlin Neukölln schunkeln. Mal gucken wie sich das dann entwickelt. Könnte spannend werden! Würde sogar ich mir eine pinkfarbene Feder „a tergo" stecken und „twerken"!

Feddich

ELMI (Twerk Instructor)

24. Januar 2019

#HESSEN: Der hessische Rundfunk soll kritisiert haben, dass die deutsche Handball Nationalmannschaft nur aus Abstammungsdeutschen besteht, und wie man das ändern könne!

Sehe da eigentlich kein Problem, wenn dem so ist! Es wird sich doch irgend so ein Handball-Özil finden lassen mit Halal Hintergrund! Es sei denn, der Ball ist aus Schweinsleder! Okay, wir scheiden dann halt schon in der Vorrunde aus, aber haben ein gutes Gewissen dabei.

#PRESSE: BILD fragt: „Können sich auch Vögel erkälten?" Keine Ahnung, bin ja kein Ornithologe, aber eins weiß ich, man kann sich beim V*geln erkälten. Vor allem bei der Bussard Stellung!

#BAYERN: Eklat im bayrischen Landtag. Einige Abgeordnete der AFD haben während einer Rede der Präsidentin der jüdischen Kultusgemeinde München aus Protest den Plenarsaal verlassen. Grund: Was eigentlich als Gedenken an die Opfer der Schoah gedacht war, wurde wohl eher eine Kampfrede gegen eine demokratisch gewählte Partei.

Da kann man dann schon mal zehn Minuten raus, um sich die genderfreien Urinale im Bundestag aus der Nähe anzuschauen.

#GRENZWERT: Unter Lungenfachärzten gibt es eine Debatte, wie schädlich Dieselabgase tatsächlich sind. Viele bezweifeln die Gefährlichkeit und wollen Grenzwerte überprüfen.

Diesen Studien glaube ich erst, wenn Lungenfachärzte sich eine Stunde lang freiwillig an einen Auspuff hängen!

#INGOLSTADT: Ein 48-jähriger Fahrgast beschimpft Fahrkarten-Kontrolleure im städtischen Bus als „Nazis“, weil sie drei junge Schwarzfahrer kontrollieren (Syrer/Jordanier). Als er gewalttätig wird, verduften die Trittbrettfahrer. Dem Gutmenschen winkt nun eine Anzeige wegen Nötigung und Beleidigung. NAZI BUS - STUSS - SCHLUSS!

Feddich

ELMI (hat Monatskarte)

25. Januar 2019

#TWEET: Dumm-Tweet-Tschäbli hat wieder einen rausgehauen! Twitter: „Vor 77 Jahren treffen sich Nazis zur Wannseekonferenz, um zu besprechen, wie man Juden effizienter töten könnte! Erschreckend, dass eine Partei im Bundestag sitzt, die offen gegen Juden hetzt und Nazis in ihren Reihen duldet!"

Ich weiß nicht aus welchem Körpersekret sie sich diese Weisheit gezogen hat, aber Hirnflüssigkeit kanns nicht gewesen sein.

#BETROFFEN: Auch Heiko, unser Zwischengrößen Herren-Modell für Arme, gedenkt der Wannsee Konferenz! Er sollte lieber an sein unsägliches Netzabwürgungsgesetz denken, das war auch schon ganz schön „Fascho"!

Frage: „Wenn Heiko heute im Wannsee baden würde, wie lange würde es dauern, bis er ein Eiszäpfchen ist?" Vor dem Auftauen, sofort einführen! Zu Risiken und Nebenwirkungen ... etc!

#GOCH: Drei Jugendliche in NRW haben einen Unterricht gestürmt und einen 17-jährigen mit Schlagstöcken angegriffen und verprügelt. Den Rest der Klasse hielten sie mit einer Knarre in Schach!

Täterbeschreibung eher dürftig, deshalb nehme ich an, dass Jens und Uwe schon wieder nicht dabei waren. Schorsch übrigens auch nicht, der hat Grippe! Polizei hat die vier Täter, aber hält sich bedeckt.

Mein Tipp: Allahalla, Hallajalla, Babo und Zusatzzahl Fatima Ützmütz!!!

#FEIERTAG: Jetzt also doch! Berliner Abgeordnetenhaus stimmt für einen neuen Feiertag am 8. März!

Rot-Rot-Grün stimmt trotz 60 Gegenstimmen für den „Frauentag"! Großartig! Gibts da Happy Hour im Laufhaus??? Wär ja ein Ding! Ich Zehnerkärtchen!

Feddich

ELMI (Bordell-Tester de Luxe)

28. Januar 2019

#BÜRGEN: Es geht gut aus für die sogenannten „Asylbürgen". Die immensen Kosten für Bürgschaften müssen jetzt wohl doch nicht von den „Samaritern der unendlichen Nächstenliebe" zurückbezahlt werden. NRW-Integrationsminister glaubt, dass viele Bürgen offenbar über ihre Verpflichtungen nicht ausreichen aufgeklärt wurden.

Hört, hört! Zuerst den „Big Spender" raushängen lassen, dann zu doof um das Kleingedruckte zu lesen und dann kein Rückgrat zu haben, das Ding zu bezahlen, wenns ans Eingemachte geht! Und selbst wenn, die Edelmenschen hätten es trotzdem getan, weil sie wissen, dass am Ende immer der deutsche Steuerzahler einspringt!

Dazu lest bitte das neue Buch von mir:

„BÜRGEN WÜRGEN JÜRGEN IN SIEBENBÜRGEN“

#CLAN: Einer bringt es auf den Punkt! Vorsitzender des Bundes Deutscher Kriminalbeamter: „Großrazzien gegen verbrecherische Familien-Clans sind eine Marketingveranstaltung der Regierung!“

Ja, wir tun was, wir zwingen die Clans in die Knie! Und die Presse schreibt fleißig mit, diese Armleuchter. Nix passiert! Die Einzigen, die davon profitieren, sind die Großfamilien und ihre windigen Verteidiger!

#POLITIK: Bin mal gespannt, wie sich Anne Krank Knochenbauer die völlig vergeigte Integrationspolitik schönredet! Da wird sich nämlich bei uns in den nächsten zwanzig Jahren nix integrieren. Stämme lassen sich nicht integrieren, selbst wenn man sie zwingen würde. Wir blicken tristen Zeiten entgegen!

#ZDF: Es ist vollbracht! Florian Silbereisen wird neuer „Traumschiff-Kapitän“!

Es gibt Meldungen, die berühren einfach das Herz. Alles, was wir jetzt noch bräuchten, wäre eine stockfinstere Nacht und einen Eisberg!

Feddich

ELMI (Hart Backbord)

29. Januar 2019

#OSCAR: Einen Preis für Jean-Claude Juncker? Wieso nicht? Hat nicht mal jemand gesagt, Preise seien wie Hämorrhoiden? Torkel Ede kriegt den Freiheitspreis der Medien! Und ich hätte wetten können, dass er den Preis erhält für Umwandlung von C^2H^5-OH in CH^4N^{2-0} bei gleichzeitiger Affinität zur Ischialgie.

#PASSVERLUST: Eureka, die Flüchtlingszahlen gehen zurück! Ist natürlich mächtig gelogen! Nach wie vor wandern Zigtausende illegal in unser Land ein. Jedes Jahr eine Stadt wie Heidelberg! Natürlich nicht so schön wie Heidelberg! Aber der Deutsche weicht gerne den echten Problemen aus und widmet sich dem Feinstaub und dem Tempolimit!

#SCHEINEHE: Verwirrender Tweet der sogenannten Seenotretter „Mission Lifeline“. Die Botschaft: „Ihr seid noch nicht verheiratet? Vielleicht verliebt ihr euch zufällig in einen Menschen, der hier noch kein Bleiberecht hat“ lässt eigentlich nicht viel Raum für Spekulationen!

Die Idee ist aber doch reizvoll: SEA-DATING – SAY YES BEFORE YOU SINK! Könnte neues RTL-Format werden!

#AUA: Renommierter Historiker ist sich sicher: Jesus überlebte die Kreuzigung! Lieber FOCUS, wenn das kein Fake war, dann hoffentlich auch keine Schleichwerbung für Billignägel aus dem Baumarkt.

Feddich, ELMI (Scheinehen-Heiliger)

30. Januar 2019

#ARD: Hab ich das bei „Hart aber Fair" so richtig gehört? Kindergeldbetrug in Millionenhöhe?

Läuft offenbar so: Rumänen und Bulgaren vom Stamme der „Lustig Hin- und Her-Reisenden" werden von Verbrecherclans in Wohnungen nach Deutschland verfrachtet. Dort erhalten sie einen Schein-Arbeitsvertrag mit einem Verdienst von 200 €, der nur auf dem Papier existiert, aber zu Kindergeldzahlungen berechtigt, die ins jeweilige Heimatland überwiesen werden. Man spricht im Schnitt über Summen von 3000 bis 4000 Euro monatlich (pro Person). Oft für Kinder, die vermutlich gar nicht existieren. Die Zahlungen werden dann von den Vermittlern abgegriffen.

Bemühungen der Ämter, das zu unterbinden, enden meist mit der Drohung: Dann holen wir die Kinder nach Deutschland, und dann wird's richtig teuer für euch.

Und dann sitzt da eine vertrocknete Sozi-Trulla und röhrt: „Man darf diese Menschen nicht diskriminieren!" Es sei kein Massenphänomen! Hallo! 19.000 Fälle alleine in Duisburg! Kein Massenphänomen? Noch jemand zu Hause im Frontallappen?

Die betrügen uns nach Strich und Faden und wir gucken zu! Man hat in diesem Land nicht so viele Hände wie man über dem Kopf zusammenschlagen möchte!

#KÖLN: Flüchtlingszahlen steigen in den Wintermonaten rasant! Über 2700 Arbeitsallergiker kamen in den vergangenen Wochen illegal nach Kölle, alle aus den Balkanstaaten. Alle städtischen Unterkünfte sind hoffnungslos überfüllt! Juckt aber keinen, denn die Fachkräfte für unauffällige Eigentumsübertragung freuen sich über ein sauberes Heim, gute Verpflegung und medizinische Versorgung. Fast wie Urlaub, deshalb kommen viele jedes Jahr wieder. Dass da ein paar Langfinger mitreisen, versteht sich von selbst!

Freunde, entweder ich hab einen an der Klatsche oder die, die sowas nicht sofort verhindern! Ich kotz hier gleich in meine Tastatur.

#KÖLLE: Die Dezernenten und ihre Spezialistin für „senilen Armlängenabstand" greifen durch. Drastische Bußgelder für Menschen, die ihre Wohnungen bei Airbnb anbieten und vermieten.

Nach den beiden Hashtags oben leuchte mir das ohne weiteres ein. Die brauchen den Wohnraum für Draculas Nachkommen!

#NAHTOD: FOCUS behauptet: „Ja, es gibt ein Leben nach dem Tod!"

Stimmt, ihr Online-Print-Helden! Nur, der Tote kriegt es nicht mehr mit!

Feddich

ELMI (Professor für Feinstaubbelastung … hust)

31. Januar 2019

#PRESSE/POLIZEI: Ja was jetzt?? Waren die Täter, die in Nürnberg drei Schüler unter die S-Bahn schubsten und zwei dabei qualvoll starben nun Deutsche oder nicht? Zuerst als Unfall dargestellt, wurde später gemeldet, dass beide Täter Deutsche seien. Dann war nur noch von Jugendlichen die Rede. Normalerweise werden jugendliche Täter dem Haftrichter vorgeführt und wieder freigelassen, wenn sie einen festen Wohnsitz haben.

Diese beiden sollen jedoch noch in U-Haft sitzen, weil unmittelbare Fluchtgefahr besteht, weil ihre Familien vermutlich aus Griechenland und der Türkei kommen. Es kursiert ein Zeitungsausschnitt im Netz, der aus der BILD stammen soll. Dann wäre es in meinen Augen, wie so oft, eine kulturspezifische Tat.

Ich dachte, die Presse hätte seit der Spiegel-Affäre um Relotius etwas gelernt. Offensichtlich nicht. Ich für meinen Teil würde gerne als deutscher Bürger wissen, woher die tatsächliche Gefahr für Leib und Leben kommt! Basta!

#UMWELT: Auto-Importeure freuen sich ein Loch in den Vergaser! In Ost-Europa boomt das Geschäft mit deutschen Dieseln. Hätte man aber ahnen können, im Balkan gibt's gar kein CO^2. Findet man nur bei uns, weil viele Lungenkranke direkt am Rand der Straße schnüffeln.

#ABMARSCH: Die Bundeswehr hat ein massives Problem mit dem Nachwuchs! Offenbar fast die Hälfte der Schulabgänger sind mental nicht für die Armee geeignet.

Papperlapapp! Früher kamen die an die Ostfront, aber die gibt's ja heute nicht mehr. Tja, dann vergeigen wir auch Weltkrieg Nummer Drei, so vong Dreisatz her und so.

#SEX SEX: Tödliche Selbstbefriedigung in Hessen! Mann belegt sich mit Käse und erstickt im Taucheranzug! Wie geil ist das denn, da kann ich mit meiner Bohrmaschine und der ALDI Tüte abstinken!

Unter 40 Kilo Camembert
fällt das Atmen ziemlich schwer.

Bei einem Kilo Parmesan
fängt das Lungenpfeifen an.

Appenzeller unten ran,
Da fängt die Gauda richtig an.

Auf dass er schnell verwese,
bestreich er sich mit Münsterkäse!

Er verschied im Harzer Roller,
soller!

Feddich

ELMI (Hypoxphilie Fättischisst, nach einem Rezept von Dr.Röchel)

Februar 2019

☜●❍♓⬧ ❍□♓■♌❒♓♐■

Elmis moinbrifn

01. Februar 2019

#DIE SCHULE BRENNT: Schüler verletzt Mitschüler mit Messer in Berufsschule in Stuttgart-Vaihingen.

Bei Redaktionsschluss war noch nicht klar, ob es sich um ein multikulturelles Kräftemessen von leicht erregbaren Fachkräften nach Scharia-Recht handelte, oder einfach nur ein Angriff auf einen Ungläubigen. Das fiele dann unter Rubrik „Alltag im Ländle!"

Täter stellte sich selbst! Presse und Polizei schweigen eisern. Aber denkt immer dran, was Konfuzius einst sagte: „Was soll der ganze Scheiß? Es kommt ja doch raus!"

#PORSCHE 911: VW erstattet Selbstanzeige wegen zu hohen CO^2 Verbrauchswerten. Ja, es hat sich auch bei den Autobauern mittlerweile herumgesprochen, dass der Autofahrer doch nicht ganz so doof ist, wie immer angenommen. Bis vor acht Monaten wusste der Otto-Normal-Porsche-Stenz nicht mal, dass sein Geschoss CO^2 ausstieß, sondern er dachte, nur dicke Eier!

#KINDER: FOCUS online stellt fest: „In Deutschland gibt es wieder mehr jüngere Kinder! Es gäbe drei Gründe dafür! Oh, die kenn ich! Sie heißen: Achmed, Hassan und Rashid! Die drei orientalischen Teletubbies mit dem gleichen Frisör.

#PANNE: Unser aller Bundespräsi Steinadler fällt ja gemeinhin nicht sonderlich auf, außer dass sein Regierungsflieger ab und an streikt. So Anfang dieser Woche in Äthiopien. Wieso fliegt man da eigentlich überhaupt hin?

Eigentlich mittlerweile deutscher Technik-Standard. Geht nicht, fliegt nicht, fährt nicht!

Ich will, dass Ihr meine Angst spürt, wenn ich im Ausland zugeben muss, dass ich Deutscher bin.

#BILD: Schlagzeile gestern: TODESPFLEGER HÖGEL WAR REANIMATIONSGEIL!

Bitte weitersagen! Vielleicht die letzte Rettung für die SPD!

Feddich

ELMI (bekennender Badner)

04. Februar 2019

#MOBBING: 11-jährige begeht Selbstmord nach heftigem Mobbing an einer Berliner Grundschule.

Nun sind die Eltern auf die Barrikaden, die sich schon lange über das massive Mobbing beschwert haben. Die Schule wiegelte immer ab. Sei alles halb so schlimm. Wieso habe ich bei Berlin und Schule immer das Bauchgefühl, dass ich die Ethnie der Aggressoren ahne? Wahrscheinlich nur Paranoia?

Na dann, alles halb so schlimm! Der Deutsche ist eben Weltmeister im Verdrängen.

#ANSAGE: Der italienische Innenminister Salvini hat den Satz des Jahres gesagt: „Ich habe fünf Millionen Italiener, die in Armut leben. Wenn ich die alle versorgt habe, kümmere ich mich um Ausländer.

So ein Satz in Deutschland und sie kreuzigen Dich!

#HAFEN: Das Schleuser-Rettungsschiff „Sea-Watch" darf italienischen Hafen in Catania nicht mehr verlassen. Das macht Sinn! Was nicht auslaufen darf, kann auch nicht wieder einlaufen, mit was auch immer an Bord! Volle Kraft zurück! In der Zwischenzeit können sie ja Paarschiffen!!!

#NETZWERK: Rauten-Lilly schließt überraschend ihren Facebook Account! Oha, bereitet sie sich schon langsam auf ihre Flucht vor, bevor man sie aus dem Land jagt? Wurde auch Zeit!

Viel Spaß in Ost-Patagonien!

#GANGSTER: Die Clan-Chefs der Al Capone Vereinigung für Arme sind wieder auf freiem

Fuß. Ebenso die Luxuskarossen ihrer zahlreichen Cousins. Eben diese verweigerten vor Gericht ihre Aussagen. Alles für die Katz. Noch Fragen, wer hier in diesem Land das Sagen hat? Nicht wirklich, oder?

Wieso nicht einfach: Konfisziert man ein Luxusauto von Hartz IV Empfängern mit Dattelhintergrund, wäre es fünf Minuten später in der Stahlpresse mitsamt Inhalt. Staranwalt hin oder her. Das wäre eine Sprache, die jeder Cousin versteht, auch die mit zeitweiligen Erinnerungslücken.

Feddich

ELMI (Facebook Dattler)

05. Februar 2019

#POLITIK: Umfrage-Schock zur Europawahl: Union und SPD drohen deutliche Verluste! Wieso kriege ich das Grinsen jetzt nicht aus meinem Gesicht? Dann drücken wir mal der Front National die Daumen! Könnte witzig werden.

#VOLKSVERTRETER: AKK kann kein Englisch (wieso auch, sie sagt eh nix Konkretes) und Vollverglaser Außen-Heiko, die Flachpfanne, verwechselt bei Twitter die irische Flagge mit der von der Elfenbeinküste. Kann man vom Außenministerium wohl nicht verlangen! Profis halt! Fehlt nur noch ein „Peinlich Beitrag" von Dumm-Tweet-Tschöbli, dann ist der Tag gerettet! Mann, Mann!

#PRESSE: SPIEGEL Online fragt: „Wann tragen die Deutschen gelbe Westen?“

Kann ich euch genau sagen, wenn sie eine Autopanne haben. Die einzigen Gelbwesten, die bei uns Randale machen sind die von Ver.di und die fordern 20 € Stundenlohn für ungelerntes Sicherheitspersonal an Flughäfen. Falsche Baustelle. ADAC übernehmen Sie!!

#UMARMUNG: Shitstorm gegen Bestsellerautor Henryk M.Broder, der sich von Alice Weigel (AFD) drücken ließ! Erstens konnte er sich nicht wehren und zweitens, da herzt man mal einen jüdischen Journalisten und dann isses auch wieder nicht recht.

FDP Politiker Scharf kommentierte dieses Ereignis mit einem Tweet! Zitat: „Hofjude mit neuer Dienstherrin“. Nach dem daraus resultierenden Shitstorm ruderte er natürlich zurück. Sei alles nicht so gemeint und er würde sich jetzt mal eine Twitter-Pause gönnen.

Das ist es, was ich an diesen Politikern so hasse! Keine Eier, kein Standing, kein Garnix!

#HAMBURG: Die Zahl der Obdachlosen in Hamburg hat sich dramatisch erhöht. Hat vor allem mit dem Zuzug aus Osteuropa zu tun. Die Ausländerbehörden haben mehr als 390 Rotationseuropäer aufgefordert, sofort auszureisen, aber genauso gut könnte man versuchen, einen Tanzbären dazu zu bringen, eine öffentliche Toilette zu benutzen.

#KASSENSTURZ: Finanzminister Buddha Grinse-Scholz hat ein Problem. Gestern schwamm laut Systempresse dieses Land noch in Geld, heute fehlen plötzlich 25 Milliarden! Hoppala, die werden doch wohl nicht im Mittelmeer versunken sein?!

Feddich

ELMI (Der 11 Minuten Paarschiffer)

06. Februar 2019

#SPENDE: Erzbischof von München spendet erneut 50.000 € an umstrittene NGO „Lifeline".

Da flattern die Moneten! Kirche und Schlepper im Gleichklang. So was nennt man dann wohl eine echte Heiligenschein-Ehe!

Na ja, jeder kann mit seinem Geld machen, was er will. Immer noch besser, als wenn er es unter Messdienern als Schweigegeld verteilen müsste!

#BREXIT: Laut englischer Medien gibt es Pläne, Queen Elisabeth an einen „geheimen Ort" zu evakuieren, sollte es zu heftigen Ausschreitungen bei einem „No-Deal-Brexit" kommen.

Ich würde Marxloh oder Neukölln empfehlen, denn da traut sich ganz sicher kein weißer Engländer mehr freiwillig rein!

#UMWELT: Nur die Deutschen können so blöd sein, und ihre CO^2 Messstationen direkt auf einer Verkehrsinsel zu installieren, währen der

Rest von Europa die Dinger in 15 Metern Höhe platziert.

Die EU Regeln erlauben das nämlich. Aber die Deppen bei uns würden am liebsten direkt im Auspuff messen!

#KLIMA: Schwedische Umwelt-Kämpferin Thunberg (Feinstaub Greta) wehrt sich gegen Hass im Netz.

Niemand würde sie im Hintergrund fernsteuern! Glaube ich zwar nicht, aber man sollte ihr mal stecken, dass nicht das Klima das Problem ist, sondern die drastische Überbevölkerung dieses Planeten. Spürt sie meine Angst, wenn ihre Eltern das nächste Mal schon wieder kein Kondom benutzen, oder ist ihr das völlig asperger??

Feddich

ELMI (Homophob, frauenverachtend und rechtsradikal. Absoluter Aspirant für den Valentin-Orden)

07. Februar 2019

#PORSCHE: Betriebsrat von Porsche schmeißt überraschend hin! Er geht in die Politik.

Macht Sinn! Jahrelang bei einer Firma Geld scheffeln, die Kunden mit Abgasmanipulationen täuscht und dann ab ins Parlament. Da trifft er sicher viele Kumpels wieder. Drücken wir ihm die Daumen.

#ARD: Hey, Ihr Tatortreiniger der öffentlichen Kloaken. Gut gemacht, dieser subtile Multikulti-Fingerzeig. Und nett, dass ihr Grace Jones wieder eine Chance gegeben habt! Beste Szene, wie sie der Furtwängler eine ballert! Wurde auch mal Zeit!

Der Mörder ist nämlich heutzutage immer ein Weißer! Vorzugsweise AFD Wähler mit Springerstiefel. Früher wars der Gärtner. So ändern sich die Zeiten.

Nur für den Hinterkopf, wenn die Volkserziehung meines Lieblingsprogramms irgendwann noch einen drauflegen muss. Wie wärs mit neuer Aushilfskommissarin Fatima-Hijab-Sprengfix aus Aleppo?

Szene 1/Dialog 4:

Oberkommissar: „Wir haben hier fünf Leichen, und Sie tappen weiterhin im Dunkeln, kann man erfahren wieso, verdammt? Und nehmen sie sofort diese die bescheuerte Mütze ab!"

„Tut leid mir, Chef, nix Mütz, aber is immer dunkel unter Burka"

„Ah so!"

Schnitt!

#BÜCKELHAM PALAST: Es gibt Neuigkeiten vom Königshaus. Nachwuchs steht an. Mann, wie haben wir alle sehnlichst darauf gewartet. So kurz vorm Brexit noch nen Exit!

Meghan Markles Sonderwunsch: Sie will unbedingt bei der Geburt mit dabei sein!

God shave her clean!

#DISCOUNTER: Nach sechs Tagen macht der erste Russen-Discounter wieder dicht. Stoi!

Grund: Nachschubmangel. Den hätte man vorher regeln müssen. Einfache Regel: Wenn Laden leer, dann muss wieder was rein! ALDI und LIDL wissen das schon seit -zig Jahren.

Es ist wie damals in Leningrad 41/42: Kommt kein Nachschub, wird's eng!

#POLITIK: Feuchtgebiete Expertin Charlotte Roche ist bei den Grünen eingetreten.

Eine Frau, die den Deutschen den Analverkehr näher gebracht hat geht einen konsequenten Weg, denn die Grünen sind irgendwie auch voll fürn Arsch!

Basst scho!

Feddich

ELMI (Facebook Proktologe)

08. Februar 2019

#POLITIK: Der Flinten-Uschi, Panzerfaust-Barbie, Schrapnell-Lotte, der alten Leyereule von der Bundeswehr laufen die Kosten davon. Die meiste Kohle geht für Berater drauf.

Mc. Kenzie ja sonst nichts! Man munkelt Übles.

Allein schon die Kosten für die sprengsichere Betonfrisur verschlingen Unsummen.

#BERLIN: Wieder mal wurden Einsatzkräfte der Feuerwehr attackiert, als sie gerade einen Patienten in Kreuzberg notversorgen wollten. Der Vater des Verletzten war wohl nicht mit der Behandlung einverstanden. Als der Bruder des Verletzten noch hinzukam, eskalierte die Situation. Es gab Haue, Faustschläge, das gesamte Vollwaschprogramm. Die Helfer retteten sich in ihren Einsatzwagen.

Die Presse beschreibt die Täter nicht. Scheint in Mode zu kommen. Ok, dann lehne ich mich halt mal aus dem Fenster was die Ethnie der Täter betrifft. Sagen wir es mal so, die Sanitäter hatten Glück, dass die gesamten Cousins der Familie nicht auch noch da waren, sonst hätten die Helfer selbst ärztliche Hilfe benötigt! Was für ein Land sind wir geworden? Und was machen wir dagegen??

Talkshows über Feinstaub!

#BOCHUM: Einbrecher überwältigen den Bewohner eines Einfamilienhauses in Hordel. Sie fesseln den 68-jährigen und räumten die Wohnung aus – am Ende ist ihr Opfer tot! Erstickt.

An die Spezialisten der schnellen Eigentumsübertragung Balkan-Süd. Jetzt ist es Mord! Hoffentlich kriegen sie Euch! Keine Angst, der Anwalt, den wir bezahlen, haut euch da sicher wieder raus, Ihr Penner. Vielleicht hat ja der Ehemann von der Künast gerade Zeit, wenn nicht wieder ein Abdul Schanker Clan Mitglied gerade in bösen Schwierigkeiten ist.

#SAARLAND: In Saarbrücken Dudweiler wurde ein schwerverletzter Syrer in einem Auto gefunden. Mehrere Messerstiche. Täterbeschreibung Fehlanzeige. Ich schätze, es war wie immer der Seppel aus Bayern, dessen Lederhosen am Tatort gefunden wurden und ein T-Shirt mit der Aufschrift: „Mia san mia“!

Oder es war Albrecht Dürer, der alte Syrer!

#SPD: Nahles traut sich Bundeskanzlerin zu! Ich nicht!

Feddich

ELMI (Chuck der Bundeskanzler)

11. Februar 2019

#RENTE: Eine 70-jährige Rentnerin bringt es auf den Punkt: „Ich habe nach 40 Jahren harter Arbeit weniger Geld zur Verfügung als die Familie eines sogenannten Gefährders!“

Ein Satz genügt, um die Situation in diesem kranken Psycholand zu beschreiben.

#VIPNEWS: Liebesaus nach nur drei Monaten. Til Schweiger ist wieder solo. Vielleicht hatte er nicht genug Honig im Zopf!

#MÜNCHEN: Ein Streit in einer Pension eskalierte. Der zu Hilfe gerufene Hausmeister wurde von einem Iraker kurzerhand mit einer Machete skalpiert!

Ich glaube, wenn Karl May noch leben würde hätte der jede Menge Spaß in Deutschland!

CDU: Die Partei, die maßgeblich die Flüchtlingssituation in diesem Land verbockt hat, traf sich zu einem Werkstattgespräch über eben dieses Problem am Wochenende. EINE FARCE!

Die Hauptverursacherin jedoch bleibt vornehm fern und trinkt Aperol Spritz im Luxushotel. Wieso, frage ich mich, hat man sie nicht gleich in der Bar festgenommen und eingelocht?

#ROYAL: Nachwuchs bei Königs im Buckelhelm Palast. Große Dickbauch-Frage bei Wettbüros: „Wird das Kind weiß oder schwarz?" Ich bin mir da nicht ganz im Klaren, aber eines weiß ich, ein EU-Bürger wird's nicht! Da sind wir bei Bet&Win definitiv auf der sicheren Seite!

#HEIDELBERG: Panik, Panik! Aus allen Wasserleitungen der Stadt kam blaues Wasser. Geiler Werbegag der AFD, das muss man ihnen lassen.

Feddich

ELMI (Der Schlumpf-Einfärber)

12. Februar 2019

#BREXIT: BILD fragt: „Wieso sind so viele kluge Briten für den Austritt???

Die Frage beantwortet sich spätestens nach dem vierten Wort!

#REUTLINGEN: Skandal Urteil nach 12-facher Vergewaltigung! Richter lässt syrischen Triebtäter laufen! Der Angeklagte soll sich auf den Koran berufen haben! Da steht nämlich vermutlich drin, dass man so was darf!

#PIPELINE: Erdgasleitung entzweit Europa. War das nicht der Typ, der sich nie die Haare färbte, der den Deal mit der russischen Firma Gazprom eingefädelt hat? Da lief doch immer alles „lupenrein" …

#KLANGWELTEN: Was nur gemunkelt wurde, wird jetzt immer häufiger laut ausgesprochen. Die Akustik im Konzertsaal der Elbphilharmonie soll auf manchen Plätzen unter aller Sau sein.

Ursache: Fatale Planungsfehler, sagen Akustiker! Freunde, für knapp 1 Milliarde kann man nix Besseres erwarten. Seid froh, dass das Gebäude überhaupt jemals fertig wurde.

#GEBURTEN: Die renommierte Wissenschaftlerin Obianuju Ejaculati behauptet, dass Bill Gates ein Programm zur Bevölkerungskontrolle in Afrika finanziert. Sie nennt es ein „Eugenik-Programm".

Ich nenne es „Längst -Überfällig-Programm"! DANKE BILL!

#TRAUER: Rosamunde Pilcher (94) ist gestorben. R.I.P. etc.

Von der gabs Filme! Ich glaube „Schweigen der Lämmer", „Shining" und „Texas Chain Saw Massacre".

Alle vom ZDF verfilmt. ZDF, oder wie ich es nenne: „Zentrum der Finsternis".

Feddich

ELMI (Facebook-Pilcher)

13. Februar 2019

#TWITTER: Dumm-Tweet-Scheebli hat wieder einen rausgehauen. Jemand hat ihr einen Trinkbecher geschenkt mit der Aufschrift: "Schöner leben ohne Nazis".

Das sei jetzt ihr Lieblingsbecher! Mein Re-Tweet: "Nein, mein Schätzelchen, lehn dich nicht zu weit aus dem Fenster, das ist kein Nazi-Becher, das sieht eher aus wie eine Urne!" Tweet-tweet-zwitscher!

#SAARLAND: Nach den tödlichen Schüssen einer Frau auf einen Mann in Püttlingen gibt die Polizei alle Erkenntnisse zur Tat preis. Da war mir klar, diesmal kann es kein Flüchtling aus Messerpotanien gewesen sein!

Täter: Deutsche Frau (57), Sportschützin, legaler Waffenschein. Waffe nach Tat ordnungsgemäß niedergelegt. Sorge getragen, dass die Polizei verständigt wird. Widerstandslos festnehmen lassen. Hat sich weder auf den Koran noch die Bibel berufen. Vorbildlich!

Motiv, vermutlich hat es was mit der Erderwärmung zu tun! Progressives Klimakterium!

Wird sicher jahrelang verknackt! Wenn die linke Justiz nicht um ihr Leben fürchten muss, wird knallhart bestraft! Kriegt sie wenigstens einen Clan-Anwalt, leihweise??

#FETTBACKE: Wirtschaftsminister fragt: „Wieso haben wir mehr Funklöcher als Albanien?"

Ha, das ist einfach! Vermutlich, weil wir mehr Arschlöcher als Albaner in der Regierung haben.

#VIPNEWS: Justin Bieber (kennt den noch jemand?) wartet auf Sex bis nach der Hochzeit! (Mal wieder) Gewagtes Experiment. Kann ins Auge gehen, sagte die Sekretärin mit der trüben Brille!

Feddich

ELMI (Fielman-Experte)

14. Februar 2019

#BRUNZDUMM: Aber sonst HIPP und GEFLASHED! Quizshow bei Pilawa: Frage: „Was gibt es auf dem Mars? A: Wasser, B: W-LAN, C: Ökostrom, D: Fußbodenheizung."

BIBI und BUBU, ein sogenanntes YOUTUBE „Influencer Paar" entscheidet sich für: B: W-LAN!

BRAVO, war aber auch einfach! Wer kennt den Spruch denn nicht? „W-LAN macht mobil, bei Arbeit, Sport und Spiel."

HEY, VIP-Press, nicht vergessen bei der nächsten Preisverleihung, das goldene W-LAN Kabel für die beiden Bambi-Blitzbirnen!

#LANDSTUHL: Nach einem versuchten Raubüberfall auf eine amerikanische Familie wurde einer der vier Verbrecher vom Vater der Familie abgestochen. Er stirbt auf der Straße.

Nun, die Amerikaner sind da rechtlich anders geschult. Dort gilt: Überfällst du mich in meinem Haus, stirbst du. Ganz legale Rechtsprechung. Die anderen drei kamen mit dem Schrecken davon! Wir bilden einen Stuhlkreis und beten für sie!

#KINZIGTAL: Zwei Westafrikaner haben zwischen Haslach und Hausach eine Ziege ohne Betäubung getötet und dann auf angezündetem Abfallholz gegrillt!

Tja, wenn man quasi diese fremdartigen Kulturen förmlich in unser Land zwingt, dann muss man sich nicht wundern, wenn sie mittelalterliche Bräuche bei uns einbringen. Bin gespannt, was noch alles kommt!

#KÖLN: Die gute Meldung, wie immer zuletzt. Es gibt jetzt gleichgeschlechtliche Ampeln in der Carneval Metropole. Nur an sogenannten Poof-Pokemon-Hotspots!

Feddich

ELMI (Der Warmleuchter)

18. Februar 2019

#NÜRNBERG: Ein Mann hat auf der Fürther Straße am Sonntagmorgen zwei Frauen mit einem Messer angegriffen und eine davon schwer verletzt. Täter ist unerkannt flüchtig. Er hat aber einen Schuh während der Tat verloren!

Täterbeschreibung der Polizei: Mann mittleren Alters!

Komm, macht euch nicht lächerlich! Ein paar Andeutungen könntet Ihr doch machen: z.B.: akzentfreies Deutsch … Bleichgesicht ... Don Albino ... klar, es war der „Grosse Blonde mit dem schwarzen Schuh"! Oder wars vielleicht der Bruder von Aschenbrödel oder doch der Deichmann-Ripper???

Wie? Was? Es war ein Iraker? Na, da käme man ja nie von allein drauf!

Dann wars doch der Schuh von Ata Whappadu 😊.

#HAMBURG: Mordversuch in Hamburg! Polizei stoppt geklauten Wagen. Fahrer gibt Gas und fährt Beamten um. Schwer verletzt! Gegen zwei Deutsche wird wegen versuchten Mordes ermittelt.

Dazu fällt mir der Spruch ein: Eine Schwalbe macht noch keinen Sommer und ein Pass noch lange keinen deutschen Michel. Erfahren werden wir es wohl nie! Schade ...

#UMFRAGE: Grüne immer noch im Aufwind! Das ist das Dilemma dieses Landes.

Die verpeilte 20%-Verbotspartei will bestimmen, unter was die restlichen 80% leiden müssen.

#KÖLN: Das neue Multi Kulti Phänomen schlägt in der Schunkelmetropole gnadenlos zu! Täglich kommen circa 500 Winterflüchtlinge aus Kuffnukkistan und machen sich breit im wahrsten Sinne des Wortes.

Kölner, das habt ihr euch verdient und eine Armlänge wird bald nicht mehr ausreichen!

#LITERATUR: Henryk M. Broder äußerte in einem Interview: „Deutschland ist ein Irrenhaus. Könnte man die Bundesrepublik überdachen, wäre es eine geschlossene Anstalt!“

Hat der hat mein Buch gelesen?

Feddich

ELMI (Der Hof-Querulant)

19. Februar 2019

#CRIME-UPDATE: Hoch die Hände – Wochenende. Dieses letzte war das Blutigste seit Langem:

Messer-Wochen bei Mac-Asyl! 9 Attacken, 1 Tote, 4 Opfer in Klinik, 4 Männer festgenommen, 10 Täter auf der Flucht - kein Nazi dabei! Wie schade, gell?

Ich glaube, es wird wieder Zeit für ein „Werkstattgespräch“ der CDU. Aber auf keinen Fall Merkel erwähnen! Nicht, dass die noch Pickel kriegt vor ihrem Abgang!

#SCHWEDEN-EULE: Die Schwedin Elin Lassen Rinström wurde wegen Eingriffs in den Luftfahrtverkehr zu 290 Euro Strafe verurteilt. Wir erinnern uns, sie ist die große Schwester von „Feinstaub-Greta", der ferngesteuerten Pippi Langstrumpf der Abgasaktivisten. Sie hatte die Abschiebung eines Verbrechers aus Afghanistan verhindert und 200 anderen Passagieren den Urlaub versaut. Sie geht natürlich in Berufung. Hoffentlich kriegt sie Volvo 2 Jahre mit Smörebröd.

#KÖLN: Eskalation auf der Domplatte. Brutaler Angriff auf einen bekannten Fahnenmaler. Ein Anführer der berüchtigten rumänischen Bettelmafia tritt brutal auf den Kopf des Künstlers ein, als dieser wohl Schutzgeld verweigert. Kein Mensch schreitet ein. Bei solchen Meldungen juckt es mich gar arg in den Fingern. Gibt es irgendjemanden da draußen, der uns noch retten kann, oder liegen wir alle schon ein bisschen im Roma?

#MACKIE-MESSER : In Mittelfranken stieg die Anzahl von Messerangriffen in den letzten fünf Jahren um 30%! Höchste Zeit an die Börse zu gehen und Aktien zu erwerben. Handwerk muss sich wieder lohnen.

#ASYL: Die gute Nachricht, wie immer, zuletzt:

JEDER DRITTE ABGESCHOBENE REIST WIEDER NACH DEUTSCHLAND EIN.

Schlussfolgerung: Wir müssen ein selten dämliches Volk sein!

20. Februar 2019

#NECKARTAILFINGEN: Harte Zeiten für 74-jährigen Flüchtlingshelfer. Nach 24 Jahren muss er seine Wohnung für Flüchtlinge räumen. Denn sein Vermieter ist die Gemeinde. Mmmm-pff …

Tja, die Früchte mancher Dummheit schmecken manchmal ziemlich bitter. Irgendwann lernts jeder. Leider zu spät!

#UMWELT: Öko-Aktivist will Warnaufkleber für jedes Auto!!! Au ja! Ich weiß auch schon, was da draufstehen sollte. „DAS PASSIERT WENN MAN IM GENDERWAHN GRÜNE SPACKEN WÄHLT!"

#NÜRNBERG: Vier LKW Fahrer verbringen ihren Feierabend auf einem Parkplatz. Plötzlich prügeln sie mit Eisenstangen aufeinander ein. Einer stirbt! Angeklagt: Viorel (Moldau), Olegisy (Ukraine). Jaroslaw macht Abflug!

Truckertreffen hatten in meiner Jugend noch einen Hauch von Romantik. Scheint endgültig vorbei zu sein.

#CRIME: Eine neue DNA-Analysemethode könnte bislang ungeklärte Mordfälle aufklären. Doch in Deutschland ist sie verboten. Grund: Es könnte sich um Diskriminierung handeln. Weist die DNA nämlich auf einen Täter einer ethnischen Minderheit hin, ist das zwar geil für die Ermittler, könnte aber eben diese Gruppe in Verruf bringen. Wär mir persönlich schnuppe. Hauptsache die Bettelmafia verschwindet. Basta!

#APROPOS: 2002 war Deutschland das sicherste Land der Welt! 2017 rangieren wir auf Rang 51 irgendwo zwischen Gambia und Müllaffistan! Klingelts????

Feddich

ELMI (DNA-Tester-Süd)

21. Febraur 2019

#BILDUNG: Hurra, die Schule bremst! Seit der Flüchtlingskrise verschlechtert sich auch die Schulsituation in Deutschland. Das Niveau sinkt rapide durch die eklatanten Sprachschwierigkeiten und den unterirdisch miserablen Bildungsstand der „Neubürger".

Auch leidet der Unterricht oft durch das Aggressionsverhalten der Zuwanderer. Immer mehr Deutsche schauen sich nach Privatschulen um, oder ziehen ihre Kinder von Brennpunktschulen ab.

Das nennt man wohl den „Burnout" der Nation der Dichter und Denker!

#BUMMS: Erschreckende Meldung! In Dresden wurde bei einer Verkehrskontrolle ein Geländewagen gestoppt, in dem sich 17 Handgranaten befanden. Zwei Bosnier (17 und 28) wurden verhaftet, vermutlich auch weil der Verdacht bestand, dass sie illegal ins Land eingereist waren.

Freunde, wenn irgendwann in naher Zukunft hier alles zusammenbricht, weiß ich, wer bewaffnet sein wird. Wir sind es definitiv nicht!

#UMFRAGE: Im Politbarometer wurde gefragt, welches Charisma denn wohl AKK hätte. Ich tippe mal auf das Charisma einer Wohnzimmer-Stehlampe, ohne Leuchtmittel!

#GERMERSDORF: Frauenleiche einer iranischen Asylantin gefunden. Täter ermittelt. Wer wars??

Ich formuliere es mal so: Der bei uns noch verbotene neue DNA-Test für Minderheiten würde positiv ausfallen. Ich hoffe, ich hab jetzt nicht zu viel verraten.

#HAMBURG: Eine Fahrt mit der S-Bahn in Hamburg ist ein multikultureller Leckerbissen auf höchster Flachebene.

Feddich

ELMI (S-Bahn-Surfer)

22. Februar 2019

#MÜNCHEN: Auf einer Baustelle im Stadtteil Au hat ein 29-Jähriger seinen 45-jährigen Bauleiter und dann sich selbst erschossen. Vermutlich wurde der Begriff „Bauausschussverfahren" wohl missverstanden.

#NIXWIEREIN: Es gibt sie noch, die wenigen hellen Köpfe in Europa. Der französische Philosoph Alain Finkielkraut sieht die Massenmigration als Grund für den wachsenden Antisemitismus in Europa.

Judenfeindlichkeit wäre nichts weiter als eine europäische Randerscheinung, wenn Gesellschaften nicht gegen ihren Willen in multikulturelle Gesellschaften umgeformt worden wären. Ohne Merkels dummen Spruch: „Wir schaffen das!" gäbe es auch den Brexit nicht. Recht hat er! Wie wir alle sehen, schaffen wir es nicht.

Zitat: „Die Deutschen wollten sich einfach freikaufen und endlich ein moralisch tadelloses Volk werden!" Kann man besser nicht formulieren.

Wir werden nie tadellos, wir werden auf lange Sicht nur unseren Wohlstand und unsere Sicherheit los. Chapeau!

#PARIS: Karl Lagerfeld ist tot. Erfolgreich, beeindruckend, blitzgescheit und steinreich! Seine Katze Choupette erbt 400 Millionen. Da hüpft mein Herz. Wäre ich ein Kater würde ich mich jetzt aber mächtig reinhängen. Man stelle sich vor, Til Schweiger stirbt, dann hätten wir wieder ein Flüchtlingsheim mehr an der Backe, das dann doch nie gebaut würde.

#JUSTIZ: Fußballfan aus Köln wurde vor Gericht verknackt, weil er Dietmar Hopp (Hoffenheim Pate) beleidigt hat. Der Ausdruck „Sohn einer Hure" - im englischen „SOAB" - kostet schlaffe 800 Euro.

Boa, das ist hart, da muss ein Hoffenheim Profi ja vier Minuten dafür arbeiten.

Feddich

ELMI (Der Lagerfeld für smarte Wort-Kollektionen)

25. Februar 2019

#HANNOVER: Tödlicher Streit am Wochenende. Bei Auseinandersetzungen von zwei Gruppen wurden drei Männer schwer verletzt. Ein 18-Jähriger starb. Alle Opfer waren Nicht-Deutsche.

Vermutlich arabisches Atomphysiker-Treffen beim Betriebsausflug.

#ZWITSCHER: Aufregung um Twittereintrag der Deutschen Bahn!

Tweet: „Liebe Wutbürger, Ihr könnt nach Hause fahren! Jetzt auch mit Geflüchteten – als Busfahrer bei der Deutschen Bahn."

Bravo! Aber fehlt da nicht ein wichtiger Zusatz?? „Immer vorausgesetzt, der Fahrer hat Ortskenntnis und versteht Ihre Sprache und es ist kein Weihnachtsmarkt in der Nähe!

DB (Deutsche Bumm)

#OFFENBURG: Nach dem brutalen Mord an einem Arzt im August soll der Angeklagte laut

Staatsanwaltschaft nicht in den Knast, sondern in die Psychiatrie. Was sagt man dazu??

Aber immerhin hat sich der Prozess für uns doch irgendwie gelohnt. Man hat nach einem Jahr festgestellt, dass der Knallkopp doch nicht aus Somalia kommt, sondern aus Dschibuti!

Meine Fresse!!!

#HUNGER: Nordkorea halbiert Essensrationen für Bevölkerung! Schon wieder ein Land in das Reiner Calmund nicht hinreisen kann.

#WEGDAMIT: Die gute Nachricht, wie immer zuletzt. In 2018 scheiterte jede zweite Abschiebung.

Von 57.000 geplanten Versuchen gingen mehr als die Hälfte ins Nirvana. Die Probanden waren plötzlich verschwunden. Flüchten können die, das muss man ihnen lassen.

Feddich

ELMI (BUSS-BÜRGER)

26. Februar 2019

#POLITIK: LOVE IS IN THE AIR! Zitter-Alk-Ischias-Junkie junckert sich ran und küsst die Hand von Feinstaub-Greta, der ferngesteuerten Schweden Hochdruck-Eule aus Büllerbü!

CO^2 trifft C^2H^5OH. Oder in Worten: ALLOOOL MEETS ZOPF! Peinlich, peinlich.

#LÜGDE: ALLES PÄDO, ODER WAS?? Aus den Räumen der Kreispolizei Lippe ist ein Koffer mit 155 Datenträgern und wichtigem Beweismaterial zum Kindesmissbrauch spurlos verschwunden. Man spricht von 17 Terabyte Kinderpornomaterial.

Das ist schon nicht mal mehr im „Grünen Bereich“!

#GENDERWAHNSINN: Nur so eine Idee! Man könnte, weil wir schon fleißig dabei sind, gleich noch ein viertes Geschlecht einführen. Männlich, Weiblich, Divers und Pervers! Oder wenn das noch nicht reicht, wie wärs mit einem Fünften: Kontrovers?? Zum Beispiel für genderunsichere Frauen mit Triple-Namen!

MfG

Ilse Schläfer-Gündel-Poppenbrock

#OSCAR: Drama, Drama bei der OSCAR-Verleihung. Das aufregendste Kleid trug ein Schwarzer!!!

Oben Smoking, unten Rock!!!! Ich glaube, bald kommen wir mit fünf Geschlechtern nicht mehr hin.

#IRRE: Hat’s da draußen eigentlich noch Religionswissenschaftler? Meine Frage: „Gibt es auch teilrasierte Moschees?“

Feddich

ELMI (OSCAR TRANSPIRANT)

27. Februar 2019

#BREXIT: Jetzt also doch wieder nicht! Unter dem Motto, wir wählen bis es passt, will Großbritannien jetzt doch ein zweites Referendum zum Austritt aus der EU.

Liebe Briten, Ihr wisst, dass ich euch liebe, aber Ihr habt schon genug Scherereien mit den Moslems in Euren Großstädten, halst euch nicht auch noch die Probleme der Spinner aus Brüssel auf. Es wird sicher hart für Euch, aber in fünf Jahren werdet Ihr froh sein, dass Ihr den Brexit durchgezogen habt. TAKE MY WORD!

#PRO 7: Stellt euch vor, man schickt ein TV-Team zur OSCAR-Verleihung nach L.A. Zwei Hupfdohlen in Bling-Bling-Fummel und ein Schnieke-Prinz mit 12-Tage-Bart, und alle Hollywood-Stars gehen wortlos an der Kamera vorbei. Doch, einer! Bradley Cooper von hinten! Bradley HALT!!! Fast! Schade, weg isser, LÄUFT!!!!

#UMWELT: Greta Humbug, fleischgewordener Tiefausläufer aus Taka-Tuka-Land, kommt am Freitag nach Hamburg, um am Schulstreik für den Klimaschutz teilzunehmen.

Das ist der Unterschied zu meiner Generation, wenn wir Schule geschwänzt haben, sind wir einfach nach Hause oder ins Eiscafe oder haben ein Comic gelesen. Heute schreiben sie Schilder mit: „Streik vong Klima her!“ Bitte sagt ihr nicht, dass gestern in Freiburg 20 Grad herrschten und das alles im Februar, nicht dass sie sich noch mit ihren Zöpfen stranguliert.

#LUDWIGSHAFEN: Raubüberfall im Einkaufszentrum. Drei Täter überfallen und verprügeln einen 18-Jährigen. Er konnte sich im letzten Augenblick verletzt in ein Geschäft retten.

Täterbeschreibung der Polizei:

Täter 1: 1,65 Meter, kurze, schwarze Haare, schwarzer Bart.

Täter 2: 1,70 Meter, kurze, schwarze Haare, schwarzer Bart.

Täter 3: 1,65 Meter, kurze, schwarze Haare, schwarzer Bart.

Na, wenn das so ist, dann schätze ich mal, das sind vermutlich alles Einwohner aus Lu-Town Ghetto, dem Tal der Vorhautlosen in Spackenhafen!

Feddich

ELMI (SEX-BERATER IM VATIKAN)

28. Februar 2019

#PARIS: Mit einem Jogging-Kopftuch für muslimische Frauen hat der Sportartikelhersteller „Decathlon" für jede Menge Ärger gesorgt. Nach heftigen Protesten und Boykott-Androhungen scheint die Firma diesen Kniefall vor der „Friedensreligion" offensichtlich zu bereuen. Sie hat nun einen Rückzieher gemacht und den

Jogging-Hidschab per Dschihad aus den Regalen geschossen. Franzosen scheinen es begriffen zu haben: Man muss nicht jeden Mist mitmachen.

#DÜSSELDORF: Vergewaltigung einer jungen Frau auf offener Straße. Die Frau war gegen vier Uhr morgens auf dem Weg nach Hause. Zeugen folgten dem Täter, kamen aber nicht an ihn ran, weil er mit einem Messer bewaffnet war.

Täterbeschreibung mach ich seit Neuestem mit Copy & Paste:

... etwa 1,55 bis 1,65 groß (vermutlich Hobbit aus Herr der Ringe)

... 40-50 Jahre alt (wohl schon länger hier, aber Prägung bleibt Prägung)

... dunkler Hautteint (hat was von Nivea Pflegestudio)

... Sprach gebrochen Deutsch (Vermutlich aber fließend Kuffnuckisch)

ICH WILL DAS EINFACH NICHT MEHR HINNEHMEN, VERDAMMT!!!!!!!!!!!!!!!!!!!!!!!!!!!!!!!!!!!

#HAMBURG: Ich kann es kaum erwarten, morgen kommt Feinstaub Greta, der bezopfte, schwedische Heidi-Verschnitt für tiefhängende Gewitterwolken, nach Hamburg zum Schuleschwänzen. Und nicht nur in Hamburg wird geschwänzt, auch in Australien! Ich wusste gar nicht, dass die überhaupt da Schulen haben. Wenn das so weitergeht, haben wir in der nächsten Generation eine Horde von brunzdummen

Klimaschützern, die nicht bis drei zählen können. Aber Hauptsache Wetter.

#VISA: Der starke Zuzug nigerianischer Asylbewerber, die aus Italien durchgewunken werden, könnte in Deutschland zu einem gigantischen Zuwachs für die „äußerst brutal agierende nigerianische Mafia" werden. Das haben wir uns aber so was von verdient. Wir werden noch unser blaues Wunder erleben. Äääh m ... schwarzes!

Feddich

ELMI (Kaltfront-Experte für Öko-Blödel)

März 2019

☜●❍♓⬧ ❍□♓■♌□♓♐■

Elmis moinbrifn

01. März 2019

#GERMANY: Die Zahl der betenden Münzsammler der Buckelnasen-Bettelmafia nimmt vor allem in größeren Städten erschreckend zu. Es sieht so aus, als ob Deutschland das EU-Auffangbecken für zahnloses Prekariat aus Transsilvanien wird. Dabei wäre es ganz einfach die Karpaten-Johnnys wieder loszuwerden. Nix in den Pappbecher werfen! Und tschüss!

#FAMILIENRALLYE: Bereits im ersten Monat dieses Jahres wurde beim Familiennachzug die monatliche Obergrenze von 1000 locker überschritten. Juckt das jemand??? Offensichtlich nicht. Es geht lustig weiter. Auch im Februar wird die Zahl wieder weit über der Obergrenze liegen. Da sind die illegalen Wandervögel noch gar nicht mit inbegriffen. Was sagten die Grünen im letzten Jahr? Pro Familie kommt max. ein Nachzug! Ihr Dachlattennagler habt keine Ahnung, wovon ihr redet. Entweder seid ihr blöd, oder ihr wisst genau was ihr tut. Das aber wäre dann ein Verbrechen an uns Deutschen. Dreht und wendet es wie ihr wollt, ihr seid verachtenswert.

#UMFRAGE: Spiegel.de: „Ein Viertel der jungen Deutschen wünscht sich einen ‚starken Führer‘!“

Immer vorausgesetzt, diese Umfrage wurde nicht nur in Neukölln oder Kreuzberg gemacht, möchte ich anmerken, dass der „Führer“ schön blöd wäre, wenn er sich das aktuelle Volk an die Backe nageln würde.

#HAMBURG: Großeinsatz der Polizei bei einer Massen- Clan-Schlägerei, danach fielen Schüsse. 25 Festnahmen.

Mann, Mann, liebe Ordnungshüter, bei Familientreffen der dritten Art stört man doch nicht! Einfach mal der natürlichen Selektion freien Lauf lassen. Spart Nerven!

#TV: Thema bei HART ABBA FAIR letzte Woche: Was ist Heimat? Könnte ich in 5 Sekunden erklären!

Soll ich? OK.: „HEIMAT ist das, was Grüne, Linke und SPD täglich mit Füßen treten.“

Ende der Sendung! Und jetzt das Wetter! Heute kein Klima, denn „Schwedens Next Zopfmodel“ Greta ist da! Kam die mit Flugzeug oder Dreirad? Ich frag nur wegen der/die/das Umwelt***innen!

Feddich

ELMI (In welchem Meer liegen eigentlich die Isobaren??)

04. März 2019

#BERATER: Unter dem Motto: „Beraten, verbraten, verraten - mit freundlicher Beule - Von der Eule“ geht die Posse um Panzerfaust-Barbie in die nächste Runde. Wegen dubios hoher Beratergebühren müssen jetzt Zeugen aus dem Verteidigungsministerium vor einem Untersuchungsausschuss aussagen.

Und jetzt kommts: Dafür heuert die fleischgewordene Panzerkette neue, sehr teure Berater an, die ihr bei der Berateraffäre was raten.

Ich muss mich, glaube ich, wieder kurz hinlegen.

#JUSTIZ: Neues aus Irrsinnhausen: „Einbrecher, die bei der Tat von einem Wachhund gebissen werden, haben unter Umständen Anspruch auf Schadensersatz vom Hundehalter.“

Bei dem Hund, den ich habe, könnte der Typ gegen mich gar nicht mehr aussagen! Es sei denn Urnen könnten sprechen, so wie Alexa!

„Alexa, wie war das mit dem Hund?“ … „Wuff, wuff, knack, Exit.“

#HALAL: Der Europäische Gerichtshof hat entschieden, dass Fleisch, welches aus ritueller Schlachtung stammt, kein BIO Siegel tragen darf. Das entlockt den Dattelschüttlern allenfalls ein feuchtes Grinsen. Mit Messer auf was Lebendiges stechen bis es elendig verblutet, gehört wohl zur genetischen Biomasse einer jeden degenerierten Strickkäppchen-Sekte!

#GRETA-MANIA: Das ferngesteuerte, schwedische Zopftorpedo, die Feinstaub-Göre aus Müllmö, ist der neue Mega-Hype in Deutschland, und erklärt uns die Welt:

Meine Fresse! Probiert doch mal die Demos immer samstags, wenn eh schulfrei wäre. Dann steht se da wie ne Pfandflasche!

Aber was rege ich mich auf? Ich denke dann immer so bei mir: Wir hatten damals die Beatles und die haben wenigstens noch klasse gesungen.

Feddich

ELMI (Lovely Greta, meta blöd) lalalalalla

05. März 2019

#ERFURT: Chef einer Einbruchs-Drecksbande, Labinot K. (2013 abgeschoben, dann wieder illegal eingereist), auf der Flucht! Jahrelang verbreitete dieser Abschaum Angst und Schrecken rund um Erfurt. Weit über 100 Einbrüche in wenigen Jahren. 70 davon wurden vor Gericht verhandelt, aber weil die Prozesse so lange dauerten, ließ ihn der Richter wieder laufen. Jetzt isser halt weg! Vermutlich im schönen Kosovo.

Grund: Alle Fälle wurden einzeln verhandelt, die Staatsanwältin, eine Schöffin und eine Angeklagte wurden schwanger. UTERUS SCHLÄGT STRAFRECHT! Deutschland hat definitiv fertig!

#AKK: Kaum gewählt, schon Theater. Faschingswitz bringt Shitstorm. Die Datschkapp der schleichenden CDU-Verwesung witzelte über sogenannte Intersexuelle. Also irgendwas zwischen vaginaler Prostata und Rosettenzauber. Grüner Block der Volldeppen rastet komplett aus! „Das wäre ein Angriff auf das dritte Geschlecht! Absolut würdelos!“ Jetzt beginnt bei der CDU sicher „Das große Zwittern.“

#JÄGER: Tolles Statement eines Psychologen gelesen! Zitat: „Diese Gesellschaft nennt sich zivilisiert, obwohl die Verfolgung und Tötung von vor Angst zusammengekauerten Tieren rein aus Vergnügen noch Sport genannt wird! Jagd gebe eine tiefe, subtile, psychosexuelle Unzulänglichkeit wieder!“

Respekt!

#ROSENMONTAG: Hatte dieses Jahr ein neues Motto: „VOM WINDE VERWEHT“. Keine Pferde, keine Fahnen! Viele enttäuschte Narren.

Tja, nicht alles was an Fasching bläst, trägt eben Brille!!

Feddich

ELMI (Chef vong Satire und so)

06. März 2019

#TÜRKEI: Neuigkeiten vom irren Mann am Bosporus. Die Türkei droht mit der Festnahme von deutschen Urlaubern. Ui, das is aber ein Ding! Spätestens jetzt kann Böhmermann seinen Urlaub aber abhaken!

#HILDEN: Im Märzen der Bauer die Rösslein anspannt ... Kaum wird's langsam Frühling, geht's wieder los. Die ersten Flüchtlinge finden wieder verlorene Portemonnaies. Diesmal gleich mit 1300 € drin. Alles natürlich professionell fotografiert. Hochglanz. „Komm Ali, langsam Geldbeutel aufmachen! Jaaa, schön, jetzt das Geld hochhalten! Perfekt! Den Rest macht Relotius!"

Und jetzt alle: „Im Märzen der Fluchti das Geldsäckchen fand ..."

#TUTTLINGEN: Dachlatten-Rambo und Asylbewerber Said (49) wurde nach Pakistan abgeschoben. Er hatte neben dutzenden von Straftaten auch einen CDU Mann verdroschen. Das hätte eigentlich mildernde Umstände geben müssen, aber da sind Politiker sehr empfindlich. Jetzt ist er weg und mit ihm 41 weitere Intensivstraftäter. Steht wenigstens so in der BILD.

#SCHULE: Ex-Rektorin zu Brennpunktschulen: Die meisten Kinder mit Migrationshintergrund sehen sich nicht als Deutsche! Das beruhigt mich jetzt aber. Doof sind die nicht. Die wissen, dass sie in spätestens zehn Jahren bei uns hier das Sagen haben.

#CALAIS: Dutzende Glücksritter besetzen Fähre nach Großbritannien! Stundenlange Suche, danach gehen zwei über Bord und 63 von ihnen werden festgenommen und abgeführt.

So ne Seefahrt, die ist lustig! AHOI!

#BÜLLERBÜ: Seit Feinstaub-Greta kam mein Bild von scharfen, willigen Schwedinnen doch gewaltig ins Wanken. Ich geh mal um den Block, vielleicht finde ich einen Geldbeutel!

Feddich

ELMI (Nicht vergessen! In Deutschland wird nur freitags die Umwelt gerettet)

07. März 2019

#ISLAM: Neues vonne CDU! Fraktionschef kann sich Muslim als Kanzler vorstellen! Stop! Stop!

Ganz ruhig bleiben! Das war nur ein Test, wie weit sie gehen können. Passiert kein Shitstorm, dann ist das ein gutes Zeichen. Sie können die nächste Stufe der Rakete zünden, um das bescheuerte Volk in die Tonne zu klopfen! Da wo eigentlich die Religionen hingehören!

#HAMBURG: Heftige Debatte im Kindergarten im Stadtteil Ottensen! Keine Kostüme für Kinder, die verletzend sein könnten. Zum Beispiel wäre Indianer ein absolutes Winnetou! Araber ebenso! Also die Typen mit Scheichabdeckung inklusive Marmeladenglas-Muster und aufgemaltem Vollbart!

Meßdiener mit Mittelscheitel wär aber voll okay. Amen!

#KINDERGARTEN: In Baden-Baden wurden

Eltern auf ihre politische Einstellung angesprochen, weil ihr Kind in der Kita eine Jacke mit „Camouflage-Muster" trug. Das würde vorwiegend von Menschen mit rechter Gesinnung getragen. (Kein Scheiß, ich schwöre!)

Auch würden traumatisierte Flüchtlingskinder durch „Camouflage" sofort wieder an den Krieg in ihrem Herkunftsland erinnert.

(Ich beiß gerade in die Tischkante)

#MEINUNGSTERROR: Der Philosoph Peter Sloterdijk bringt es auf den Punkt: „Sprechverbote und Tabus bestimmen den öffentlichen Diskurs. Wer in Deutschland nicht sozialdemokratisch ist, landet entweder im Irrenhaus oder im Ausland!"

#BILD: Chefredakteur wird noch deutlicher: „Unser Staat beschützt jene, die uns die Kehle durchschneiden wollen. Das ist Politikversagen der gefährlichsten Sorte!"

#WELVER: Brutale Attacke in NRW auf 25-Jährige. Schwerst verletzt! Intensivstation! Die Medien schweigen! Augenzeugen berichten, dass die rücksichtslosen Gewalttäter aus Nordafrika oder dem nahen Osten stammten. Polizei stellt Hauptverdächtigen und lässt in wieder frei. Südländer hat nämlich „Deutsch Pass." Krass!

Ich schau mal, ob ich irgendwo noch ne Camouflage Hose finde!

Feddich, ELMI (ging an Fasching als Leichtmatrose der „Gorch Fuck")

08. März 2019

#WORMS: Oh Gott, es würgt und messert wieder! Tunesier tötet seine 21-jährige deutsche Freundin.

Grund? Keine Ahnung, vielleicht hatte sie den falschen Nagellack! Mir fehlen da die richtigen Worte, deshalb sag ich es so wie unsere Bundes-Rauten-Lilly es wohl formulieren würde: „Nu isse halt tot!"

Ach so, ich vergaß, der Typ hatte gerade Duldung in Deutschland verloren.

#TERROR: Harter Schlag gegen deutschsprachigen ISIS Dschihadisten Christian E. aus Solingen. EXIT! Er sucht jetzt die 72 Jungfrauen, also das, was noch übrig ist von ihm.

In Syrien nach Drohnenangriff die Panzerfaust in die Binsen gejodelt. Nun liegt die Takke in der Kacke! Tja, sone Drohne is nicht ohne, zack die Bohne!

Den müssen wir schon nicht mehr zurücknehmen. Ist wie bei ALDI, wenn der Automat die Plastikflasche wieder ausspuckt.

#POLITIK: Immer, wenn man denkt, die SPD geht nicht mehr blöder, kommt Froschauge umme Ecke und will das Wahlalter auf 16 senken (Feinstaub-Greta-Bullshit-Effekt).

Begründung: „Mit 16 ist man so erwachsen, dass man weitreichende, politische Entscheidungen fällen kann."

War es nicht dieselbe Torfnase, die jedem Messer-Mörder-Moschukken aus Afflausistan bescheinigte, dass man mit 20 Jahren sein Handeln noch nicht abschätzen kann und darum vor Gericht nicht nach Erwachsenem-Recht behandelt werden könne????

Sie sollte wieder regelmäßig ihr Abführmittel einnehmen. Vielleich hilfts ja.

#FINANZEN: Die Schweizer Nationalbank präsentiert ganz cool den neuen 1000-Franken-Schein. Wie geil ist das denn? Alle verarmen so langsam und die Eidgenossen zeigen uns den Mittelfinger. Bei uns kannste nicht mal mit einem 200 € Schein tanken. Da legt der Schweizer den neuen Tausender hin und sagt: „Grüezi, stimmt so."

#BEZIEHUNG: Spiegel schreibt: „Was bei Gesprächen zwischen Männern und Frauen oft schiefläuft."

Aaaaahh, weiß ich! Die Alte quatscht immer dazwischen!

Feddich

ELMI (Drohnenbeauftragter im Chuck Norris Team)

11. März 2019

#UMWELT: Wenn ich das gewusst hätte! Brennende Kerzen produzieren mehr CO^2 als 50 Dieselfahrzeuge! Bedeutet im Klartext: „Nie wieder Sex in der Badewanne!"

Fordere umgehend Demos in allen Innenstätten und Niederlegung sämtlicher Arbeit! Am besten mittwochs, weil Freitags ist schon belegt, vong den Hochbegabten für Umwelt und so!

#ARTE: Tolle Doku gesehen! Thema: VULVA! Dachte, ich schau mal rein, vielleicht kann ich noch was lernen. Und tatsächlich waren da Ausdrücke für die weibliche Mumu, die sogar ich nicht mal kannte! Und ich hab die meisten davon erfunden.

Aber jetzt mal im Ernst, die Vulva gilt in allen Religionen als das Böse schlichtweg, was ich absolut nicht begreifen kann (siehe auch Film in ARTE-Mediathek: „DIE RAUTE DES GRAUENS"). Vor allem die friedlichste aller Religionen hat die deftigsten Beschimpfungen: „Ich f*** die ***** deiner Mutter!"

Krieg ich jeden Tag hier bei Facebook mehrfach! Ich reagiere mittlerweile darauf sehr entspannt. Ich schreibe dann höflich zurück: „Lieber Einzeller, ich muss Ihnen leider mitteilen, dass meine Mutter schon seit 67 Jahren tot ist. Wünsche aber trotzdem gutes Gelingen."

Eine Psychologin bei VULVA äh ... ARTE glaubt, dass zum Beispiel Jugendliche durch ständiges Betrachten von YOUPORN unter enormem Leistungsdruck stehen. Da hatten wir es in unserer Generation leichter. Der einzige Druck, den wir hatten, war der Leistungsdruck, im richtigen Augenblick die VULVA überhaupt zu finden.

Aber ich gebe zu, auch ich schaue täglich YOUPORN, aber nicht aus Leistungsdruck, sondern weil ich hoffe, dass irgendwann die zwei oder drei mal heiraten. Bis jetzt hatte ich immer Pech. Wenns mal klappt, sach ich Bescheid! Ehrlich!

#ZDF: Und da wir gerade dabei sind: Dunja Halligalli hantierte vor Kamera mit einer Papaya, um an ihr einen Schwangerschaftsabbruch zu simulieren. War ne Notlösung, weil echte MUMUS waren beim „Zentrum der Finsternis" scheinbar gerade aus, die moderieren erst bei den Tagesthemen.

Sone Art „AMERICAN PAPAYA"!!

War trotzdem ein geiler Fernsehabend!

Feddich

ELMI (Experte für religionsübergreifende Kommunikationsforschung der katholischen Kaltfront! ... Kurz: Kalter Bauer!)

12. März 2019

#NOTWEHR: Italien zieht durch. Jede Stunde wird in diesem Land mindestens 30 Mal in Häuser eingebrochen. Ein Volk in Angst. Diebesbanden dringen rücksichtslos ein, um zu plündern und die Bewohner zu verletzen. Nun hat Innenminister Salvini ein neues Gesetz verabschiedet, welches den Bürgern ein neues Recht auf Selbstverteidigung einräumt. Sie dürfen sich bewaffnen. Die Frage stellt sich. „Wieso haben wir eigentlich nicht einen solchen Innenminister?" Vielleicht kennt der Wurschtsuppenschüttler aus Jodelhausen den Song von John Lennon nicht!

HAPPINESS IS A WARM GUN! Bäng, bäng, shoob, shoob!

#PORSCHE: Ist beim Autobauer aus Zuffenhausen da was im Argen? Überraschend hat ein Betriebsrat vor kurzem seinen hoch dotierten Job hingeworfen, um in die Politik zu gehen. Ich hatte spontan und sofort das Gefühl, dass irgendwas faul ist, aber Gefühle können täuschen.

Jetzt aber berichtet BILD über interne Ermittlungen und einen brisanten Verdacht. Mussten Mitarbeiter für ihren unbefristeten Job den Betriebsräten Schmiergelder zahlen? Wär ja ein Ding! Sagt mir der einfache Autobauer-Vergaser-Dreisatz: (SSP) Schwindel-Schmiergeld–Politik.

#WORMS: Trauermarsch für die von einem nicht geduldeten Tunesier gemetzelte junge Frau am Wochenende. Kurz vor dem Gottesdienst sprang ein Mann an den Altar und breitete die Arme aus mit einem dreifachen „Allahu akbar." Panisch rannten die Menschen weinend auf die Straße.

Ob es ein islamischer Attentäter war, weiß nur der Prophet oder der zuständige Psychiater. Der vermutlich auch nicht, denn der Depp wurde schon wieder freigelassen.

#NARINARA: Nicht alle Fastnachtsreden am Aschermittwoch waren schlecht! Der österreichische Politiker Strache formulierte es so: „Lieber lasse ich unseren Hund auf eine Wurst aufpassen, als Merkel, Macron & Juncker auf Europa!“ Törö, törö, törö!

#SOZIALBETRUG: Da wurde wieder mal ein Mann aus Nigeria von der Polizei festgenommen, der insgesamt 24 Identitäten vorweisen konnte. Und jahrelang kassiert der Sack jede Menge Kohle und keinem fällt es auf. Schuld daran ist sehr oft der nicht stattfindende Datenaustausch zwischen den einzelnen Bundesländern. Jedes Bundesland hat eine andere Software zur Datenerfassung. Wusste ich bis heute nicht, aber „Cotton Joe“ weiß offensichtlich mehr.

Deutschland verkommt zum Balla-Balla-Land und das hat sich wohl bis auf die hinterletzte Baumwollfarm durchgesprochen.

Feddich

ELMI (Träger des goldenen Greta-Thunfisch-Zopfs)

13. März 2019

#JUSTIZ: Der deutsche Rechtsstaat zieht knallhart durch. Schon drei Jahre nach den sexuellen Übergriffen der Kölner Silvesternacht mit über 600 Opfern kommt die gnadenlose Antwort der Justiz! Drei Sexualstraftäter werden überführt, der Rest lacht sich die Hoden schlapp.

Wann wird dieses Land endlich begreifen, dass man gegen solche Auswüchse eine Rechtssprache wählen sollte, die auch blitzschnell verstanden wird. Und wenn wir eines Tages so ein grauenhaftes Verhalten mit mittelalterlicher Vergeltung ahnen sollten, wäre vorgestern schon zu spät für mich!

#ABSCHIEBUNG: Flughafen München gestern Morgen. Flug LH 1856 München - Mailand! Vier Polizisten gelingt es nicht, einen Abschiebehäftling, der sich massiv wehrt, ins Flugzeug zu befördern. Abschiebung wird daraufhin abgebrochen. So was spricht sich bei den Schleusern rum bis zum Hindukusch! Vielleicht liegts ja daran, dass viele Polizisten denken, ein Taser wäre was zum Kleben!

#BOOSTED: Die Kriminalität in unserem Lieblingsflüchtlingsheim in Schleswig-Holstein ist sprunghaft angestiegen. Sage und schreibe 117 Straftaten in knapp drei Monaten. Zudem noch 23 Straftaten im Ort, aber die Bevölkerung zählt ja bei uns nicht mehr. Dieses Land muss unbedingt auf die Couch! Schnell!!

#ABSURDISTAN: Seit Januar 2017 kommen bei Grenzkontrollen durchschnittlich hundert Glücksritter pro Monat nach Deutschland, die trotz Einreiseverbot wieder bei uns aufschlagen. Könnte neues Motto werden: „Abgeschoben ist nicht aufgehoben". Verwunderlich ist es nicht, denn gerade wurde das Taschengeld für dieses Klientel wieder erhöht! Und natürlich darf man sie nicht zurückweisen!

Versteht sich von selbst. DUMM, DÜMMER, DEUTSCHLAND!

#INGOLSTADT: Am Montag wurde das erste Flugtaxi von Airbus vorgestellt. Es wurde mit einem Transporter hingefahren! Genau mein Humor!

Feddich

ELMI (Taser-Roller)

14. März 2019

#FUSSBALL: Au Backe, Schalke hats massiv erwischt. 7:0 Klatsche gegen Manchester City!

Aber man muss immerhin berücksichtigen, dass Jesus bei den Briten mitgekickt hat. Er hat auch gleich das letzte Tor reingenagelt. Da haste natürlich wenig Chancen!

Den besten Tweet, den ich im Netz dazu gefunden habe: „Hätte Schalke damals auf John Lennon geschossen, wäre er heute 78 Jahre alt!" Muha!

#TWITTER: Dumm-Tweet-Schäbli hat wieder einen rausgehauen. Bei einem Inlandflug wurde unsere Blitzbirne von einer Flugbegleiterin auf Englisch angesprochen. Wow, welch ein Fauxpas!

TWEET: „Hab sie gefragt, warum sie meint, ich könne kein Deutsch! Ehrlich, es nervt!"

Da hätte ich spontan erwidert: „Dies hier ist ein Abschiebeflug in den Iran, und die können alle kein Deutsch! Setz dich und nerv nicht!" Hoho, never ending Shitstorm!

#SCHWEDEN: Die Vorsitzende der schwedischen Christdemokraten Selma Lagersöff verurteilt die Massenmigration und Belästigung von Frauen durch wandernde Gruppen junger Männer (schön formuliert). Die Stadtverwaltung in Uppsala rät jungen Mädchen nicht allein auszugehen, auch nicht am Tag!

Demnächst auch bei uns im Gendersternchen-Paradies für Bekloppte***innen***weiß nicht***!

#BERN: Linke Frauen und Frauinnen in der Schweiz fordern die Einführung von VULVA-Tagen!

Kein Scheiß, ich mach Doppelschwör! Im Lötschberg-Tunnel!

Bravo, am besten gleich kurz nach den DILDO-Festspielen in Sankt-Lattenschleck!

Feddich

ELMI (Fan von Steely Dan)

15. März 2019

#SCHWEDENBAMBI: Greta Thunfisch (bezopfte Feinstaub-Göre aus Lummerland) wurde von norwegischen Abgeordneten für den Friedensnobelpreis vorgeschlagen. So geht fortschreitende Hirnerweichung im Endstadium! Wenn nicht gerade Kim Jong-Un auch noch im Rennen ist, könnte das hinhauen!

Frage: „Hat Nobel nicht auch das Dynamit erfunden?"

#NOCHNPREIS: Die Eltern der von einem vorbestraften Afghanen entsetzlich ermordeten Maria aus Freiburg erhielten den Bürgerpreis „Bürger des Jahres" der deutschen Zeitungen. Der mit 20.000 € dotierte Preis wurde ihnen verliehen, da sie trotz der schrecklichen Tat weiterhin Toleranz für Migranten zeigten, wenn ich das richtig interpretiert habe.

Vorgeschlagen hatte der „Kölner Stadtanzeiger" und die „Badische Zeitung".

Allein schon deshalb hätte ich die Annahme verweigert!

#WÜRGERDESJAHRES: Wieder ein Rache-Messermord in Bielefeld. Weil eine Türkin die Tyrannei und Gewalt ihres Partners nicht mehr ertragen hat, hat sie sich von ihm getrennt! Daraufhin hat der 42-jährige Süleman seinen beiden kleinen Kindern im Bett die Kehlen durchgeschnitten. Einige Beamte waren nach dem Anblick nicht mehr einsatzfähig! Ach so, vergessen, der anschließende Selbstmordversuch scheiterte!

Wie äußerte sich der Mörder Ali B. aus Wiesbaden neulich vor Gericht? O-Ton: „Das Messer war mein bester Freund!" Keine weiteren Fragen, euer Ehren!

#POLITIK: Unser modebewusster Zwischengrößenzwerg auf dem Catwalk der genderübergreifenden Außenpolitik hat wieder zugeschlagen. Bei einer Gedenkfeier im afghanischen

Masar-i-Sharif für die gefallenen Soldaten trat der Napoleon der Verwirrten in einer Kollektion aus dem Hause „Yves Machet Weg, das ist wirklich ganz Armani“ vor die Truppe und genderte los. Er sprach von gefallenen Soldatinnen und Soldaten.

Vielleicht hätte ihm vorher jemand stecken sollen, dass es ausschließlich Männer waren, die im Einsatz gefallen waren. Schade, dass er nach seiner bekloppten Ansprache nicht über die Schnürsenkel seiner Wanderschuhe gestolpert ist! Ich hätte Kranz spendiert, äh, sorry, Kränzin***! Wär mir völlig Versace, Donatella nochmal!

Feddich

ELMI (Gewiefter Gender-Switcher)

18. März 2019

#ZUKUNFT: Wenn man der Lückenpresse glauben darf, sind am letzten Freitag wieder 100.000 Schüler dem Unterricht ferngeblieben. Motto: „Fridays for future“ Wie immer, ganz vorne dabei #Feinstaub-Gretel, die V-2 der Klimarettung. Die Gelddruckmaschine des globalen Umweltbewusstseins. Die Imanin der katholischen Variante des Freitagsgebets für deutsche Schüler.

Da möchte man dann doch am liebsten Hölderlin zitieren:

Fridays for future
Mondays for fun
Danach schnell zu Starbucks
Und müllen wer kann!
Fuck up the Diesel
Fuck up the car
Nach Hause im Taxi
Wunderbar!

#BREXIT: Hört mir auf mit diesem Quatsch! Der findet nämlich nie statt. Er dient nur als Nebenschauplatz für korrupte, machtgeile Politiker. Es geht um Macht, und sonst nix. Theresa May klammert sich dran wie einst Maggie Thatcher an ihre Handtasche. Auf der anderen Seite die Europa-Trickser aus der Landesliga, die alles tun werden, um die Briten zu halten, denn sonst haben sie vielleicht bald keinen Job mehr und müssten sich redliche Arbeit suchen. Gar nicht gut!

Deshalb glaube ich, dass der Brexit so lange verschoben wird, bis die Briten es leid sind und nochmal abstimmen. Solange bis es passt. Hauptsache vor dem Brexit ist doch, dass Meg han bald liefert!

Die Quoten bei englischen Wettbüros auf „Schwarz“ stehen übrigen bei 1:40!

#BAD-HONEFF: Abschiebung gerät außer Kontrolle. Ein Senegalese in einer Asylunterkunft soll abgeschoben werden. Als die Polizei vor Ort erscheint, zückt der Schwarze ein Messer. Da es sich dabei um eine eindeutige Bedrohungssituation handelt, schießt ihm ein Polizeibeamter in den Arm.

Täter ist nun in Klinik, Abschiebung abgebrochen. (Keine Lebensgefahr, da bin ich aber jetzt sehr erleichtert) Den werden wir so schnell nicht mehr los!

Ich wäre spontan für Konzert gegen Rechts! Campino, übernehmen Sie!

Feddich

ELMI (euer messerzückender Mozumbawombo vong Schwarz-Wald)

19. März 2019

#FUSSBALL: Liverpool hat Glück bei Auslosung in der Champions League. Jürgen Klopp und sein Traumteam treffen im Halbfinale auf den 1. FC Porto. Nach dem grandiosen Spiel gegen den 1. FC Bayern hatte ich mich spontan an ein Gedicht des Heimatdichters Jockel vong Lattenschuss erinnert:

Herr von Jürgen von Kloppo in Engeland
Bayern München ihm im Wege stand.
Und kam die goldene Nachspielzeit,
Sah man kein Bayer weit und breit.
Da stopfte, wenns abends vom Turme scholl,
Der Kloppo dem Neuer die Hütte voll!!

Feddich

#JUSTIZ: Gestern Prozessbeginn gegen zwei Asylbewerber aus Chemnitz, die den 35-jährigen Daniel getötet haben. Die Mutter des Opfers hegt keine Hass- oder Rachegefühle gegenüber Flüchtlingen!

Bravo! Das riecht förmlich nach dem nächsten Bürgerpreis der liberalen Presse!

Was hab ich gelesen? Der Staatsanwalt hat sich während der Verhandlung plötzlich auf den Boden gelegt? Wahrscheinlich hatte er einen Lachanfall, weil er ahnt wie die Sache ausgehen wird!

#Streik am Hamburger Flughafen. Was???? Schon wieder streikt das Bodenpersonal! Reichen Ver.di eigentlich die 20 Euro pro Stunde immer noch nicht?? Was solls denn noch sein? Jedem ungelernten Abtaster noch ne Eigentumswohnung? Schge kaputt!

So ein Mussorgski, hoffentlich geht Ver.di bald mit Händel den Bach runter. Ich hätte einen Haydn Spaß!

#SCHULSCHWÄNZER: Immer wieder freitags, da fällt die Schule aus. Verantwortlich dafür: Greta aus Schnullerbü, dieser feuchte, schwedische Dieselalptraum der Lolita-Fetischisten des Reifenabriebs. Mein Vorschlag: Nach der Demo sofort in die nahegelegenen Parks zur Säuberungsaktion. Müll räumen, Papierkörbe leeren, Hundekot entfernen!

Motto: Clean Umwelt „Weekend for tidiness" Aber ich denke, da macht nicht mal die Zopf-Lisel mit!

#TERROR: BILD fragt: „Brauchen Moscheen bei uns jetzt besonderen Schutz?“

Ich denke, dieses Land bräuchte dringend mehr Schutz vor Moscheen!

Feddich

ELMI (Facebook-Iman)

20. März 2019

#UTRECHT: Türke erschießt 3 Menschen und verletzt 5 andere schwer. Für die Beamten war der Täter kein Unbekannter. Mehrfach mit dem Gesetzt in Konflikt, Schusswaffengebrauch, Vergewaltigung und versuchter Totschlag. Tja, da stellt sich dann die Frage, wieso der Vollidiot überhaupt noch frei rumlaufen durfte! Vermutlich sind die Holländer genau so doof wie wir! Gabs eigentlich ne Sondersendung, oder waren alle Opfer katholische Weiße??

#ÖZIL: Beim heiligen Ziegenhirten, unser Vorzeigetürke Mesut hat zu seiner Hochzeit geladen. Und wer ist Trauzeuge? Richtig, sein herzallerliebster Präsident, der Lawrence von Anatolien, der Flachpfannenbieger vom Bosporus! Das haut jeder Ziege den Bart weg. Wieso, fragt man sich, hat er jemals die deutsche Staatsbürgerschaft angenommen. Möge ihm jemand den Koran unter die Oberlippe schieben!

#ABSCHIEBEFRUST: Einwohner der Elfenbeinküste nennt man IVORER. Einer von ihnen widersetzte sich erfolgreich seiner Ausweisung aus dem Abgreifer-Paradies Europa Mitte. Da die Frist jetzt abgelaufen ist, darf dieser Honk für immer bei uns schnorren. Wir fordern sie ja geradezu dazu auf.

#EU: Die EU erwartet keine schnelle Rückkehr von Millionen Flüchtlingen nach Syrien. Wieso ahnte ich das schon seit Jahren? Das läuft alles nach Plan mit dem Bevölkerungsaustausch!

#DÜSSELDORF: Ein Restaurant-Gast wollte vor einem Steakhouse mit seiner Freundin nur eine Zigarette rauchen. Zwei Iraker stachen ihn brutal nieder.

Ich finde, seit wir diese Wandervögel bei uns reingelassen haben, sind Raucherpausen auch nicht mehr das, was sie mal früher waren.

#KERZE: Langenhagen will mit einer Lichterkette auf den Anschlag im neuseeländischen Christchurch letzte Woche reagieren. Jetzt geht dieser Mist wieder los. Ihr Pappnasen werdet gar nicht so viele Kerzen kriegen, wie ihr noch brauchen werdet!

#UMWELT: Diesel ist so böse, sagt die kleine Schweden-M***!

Da hätte ich eine Idee für einen neuen Hit der „Toten Hosen“: AN TAGEN WIE DIESEL!

Feddich,

ELMI (Brautjungfer von Özil)

21. März 2019

#BOOMERANG: Der neueste Trend bei zugereisten Glücksrittern: Obwohl sie Geld für die Heimreise erhalten (Rückkehrförderung), kehren viele einfach wieder nach kurzer Zeit nach Deutschland zurück und melden sich erneut an! (Albaner, Mazedonier, Bosnier, Serben). Vorausgesetzt man verfügt über genug Zivilcourage, könnte man sie alle Asylbetrüger nennen. Mit uns können sie es ja machen, da man sie nicht wieder heimschicken kann, wenn sie erneut Asyl beantragen. Bis zur nächsten Abschiebung, wenn sie denn klappt! Tito hatte das damals in Jugoslawien irgendwie besser im Griff!

#BKA: Laut Angaben des Bundeskriminalamtes wurden allein im Jahr 2017 über 40.000 Deutsche Opfer kriminell verübter Straftaten durch Immigranten. Macht 100 Geschädigte pro Tag. Über die Dunkelziffer wollen wir erst gar nicht spekulieren. Wir werden dieses Problem nie wieder lösen!

Vielleicht weiß Greta ja ne Lösung! Freitag-Demo gegen Immigranten! Sorry, Freitag ist ja schon belegt, nehmen wir schulfrei schon am Donnerstag und switchen dann ganz swagger ins Weekend!

Vielleicht fällt ja dann irgendwann noch der Mittwoch flach, wenn „Swedens Next Zopfmodel" den ersten Sex hatte!

#POLITIK: Ehemaliger Staatssekretär äußert: „Frau Dr. Merkel gehört vom Platz gestellt!

Nichts ficht die Kanzlerin an, unseren Staat auf den Kopf zu stellen und unsere Rechtsordnung nach Strich und Faden auszuhebeln!"

Ich glaube, mit vom Platz stellen und unter die Dusche schicken ist es nicht getan! Der innere Diplomat in mir schweigt zu den Ideen, die mir so im Kopf umherschwirren!

#TERROR: Nirgendwo erwähnt. Von Sondersendung ganz zu schweigen. In Berlin wird AFD-Bus attackiert. Mutige vermummte Gutbürger warfen Steine und Pyrotechnik und Pflastersteine auf die Frontscheibe! Busfahrer kann gerade noch stoppen. Täter flüchten! Berichterstattung?? Fehlanzeige!

Man stelle sich vor, Chaoten hätten einen Bus mit Flüchtlingen und Glücksritter attackiert! Schnappatmung auf allen Kanälen, Sondersendung und Hetzjagdjournalismus. Relotios reloaded!

Reschke und Halligali Kreislaufkollaps! Danke! Wegtreten!

#GESUNDHEIT: Weißes Rauschen soll bei ADHS Konzentrationsproblemen helfen! Weißes Rauschen? Bei uns hieß das noch Kokain!

Feddich

ELMI (Schnupfexperte par excellence)

22. März 2019

#MAILAND: Ein Mann hat einen Bus voller Schulkinder in der Nähe von Mailand in seine Gewalt gebracht und dann in Brand gesetzt. Rund 50 Kinder konnten sich im letzten Augenblick retten.

Der Pass-Italiener mit senegalesischen Wurzeln wollte damit Bezug nehmen auf den Tod von Migranten im Mittelmeer. Und dann zündet man einen Bus an? Kommen seine Reisekumpels alle mit dem Bus übers Meer? Ich schätze, um ein Zeichen zu setzen wäre ein deutsches Schleuser-Schiff eventuell die bessere Wahl gewesen.

#ITALIEN: Innenminister Salvini will Flüchtlingsretter wegen Hilfe zur illegalen Einwanderung vor Gericht bringen. Macht absolut Sinn! Wenn man nur noch eine Chance von 5 Prozent hat, weil man eben nicht direkt vor der lybischen Küste abgeholt wird, dann könnte mancher vielleicht noch mal in sich gehen, bevor er dieses Risiko eingeht. Rettet Menschenleben.

Aber ich denke, irgendwann werden sie mit Kreuzfahrtschiffen aus Tripolis direkt abgeholt und Frau Pickelwarze und Frau Kipplinks kriegen einen Milcheinschuss!

#HAMBURG: Die Deutsche Bundesbahn warnt vor aggressiven Bettlergruppen rund um den Hauptbahnhof. Na gugge da! Immerhin hat man mal die Eier, das Problem überhaupt zuzugeben. Ich war vor vier Wochen vor Ort. Jeder orientalische Teppichknüpf-Basar im Morgenland ist friedlicher als dieser Bahnhof. Das ist nicht mehr Hamburg, das ist mittlerweile Scum-City!

#NÜRNBERG: Ein Afghane hat durch heftige Gegenwehr und Suiziddrohungen seine Abschiebung erfolgreich verhindert und darf wieder über LOS gehen und 4000 € kassieren. Das is so beim Afghanen-Monopoly! Was mich aber sehr schmerzt ist die Tatsache, dass über 30 Vollidioten, sogenannte Abschiebegegner, lautstark diese Aktion unterstützten.

#GRETA: Oh je, jetzt hats sie es mit den Windradfaschisten der Grünen aber verschissen. Die Dünnbrett-Möhre aus Wasaland spricht sich für Atomkraft aus! Das wird sie die „Goldene Kamera" kosten. Jetzt bleibt nur noch der Bambi! Oder Nobel ... BUMM!

#FRÜHLING: Heute die ersten Wildbienen auf meiner Hacienda im sonnigen Schwarzwald gesehen. Sah so aus, als ob es ihnen noch zu kalt wäre und sie Mützen trugen.

Wie nennt man politisch korrekt eine Biene mit Mütze????? EINE TURBIENE!

Feddich,

ELMI (Facebook ermittelt gegen mich wegen Eier-Jubels 😊😊)

25. März 2019

#BERLIN: YOUTUBER-Treffen der besonderen Art! Ort: Alexanderplatz! Ein sogenannter Influencer aus Stuttgart mit 260.000 Jüngern rief zum Treffen in Berlin auf! Dort wurde er getroffen von Faust von Gegen-Influencer auf Nase. Über 400 Söhne des heiligen Sankt Ziegenius hauten sich danach die Hucke voll. Als Polizei mit einer Hundertschaft dazwischen ging, schwupp, alle weg. Sie flüchteten auf ein Bahngleis und bewarfen sich dort mit Schottersteinen. Polizistin verletzt, Influencer weint.

Hat jemand Tempo?

#RASTATT: Wesentlich härter gings zur Sache in der „Multi-Kulti-Metropole fürs untere Preissegment" (MKMFUP) am Fuße des Nordschwarzwalds. Am Bahnhof verdrosch sich Gottes „Erste Wahl" mit Latten.

Ich hab das Video lange studiert, konnte aber die Sprache nicht genau erkennen. Nur im letzten Satz wurde Deutsch gesprochen: „Isch fick dein Mutter!" Da es eigentlich grammatikalisch richtigerweise lauten müsste: „Isch ficke deine Mutter" (Akkusativ) nehme ich an, dass Täter wie Opfer eher dem orientalisch-arabischen Balkan-Raum entwichen sind. Unbedingt anschauen, bevor der Upload-Filter zuschlägt!

#ABFLUG: Die gute Nachricht kommt heute aus Nürnberg! Der Fluchti Ali Habibi muss nicht zurück nach Afghanistan. Wir erinnern uns, er hatte kurz vor der Abschiebung massive

Gegenwehr angewendet und gedroht, sich umzubringen. (War natürlich nur vorgetäuscht- er hat eben gute Justiz-Berater, schätze ich) Nun sitzt er in der Psychiatrie auf unsere Kosten und lacht sich ins Zwangsjäckchen. Genau so wie die 500 Bengalo-Idioten, die für ihn protestierend durch die Stadt gezogen sind! Man munkelt von gewaltsamen Ausschreitungen. Mein Kommentar: „PSYCHOLAND ABGEBRANNT!"

#MONTAGSWITZ: Netten Comic gesehen! Nackte Frau steht vor Jesus und seinen zwölf Aposteln und fragt: „Was haben die, was ich nicht habe? Antwort Jesus: „Sie sind Jünger!" Muha, rofl, lol!

Feddich

ELMI (Rechts-Experte im Flüchtlingsrat der Deppen)

26. März 2019

#ABSCHIEBUNG: Präsident des Bundesamtes für Migration (Zen Master vong BAMF) kritisiert Flüchtlingsräte: (Zitat:) „Es ist ganz offensichtlich, dass einige das Interesse verfolgen, Abschiebungen generell zu bekämpfen, vor allem die selbst ernannten Flüchtlingsräte!"

Da hätte ich einen genialen Tipp: Bei jeder schiefgelaufenen Abschiebung, die deshalb nicht klappt, weil sie vorher den Delinquenten verraten wurde, wird je ein Flüchtlingsrat auch mit nach Afghanistan abgeschoben. Ohne Papiere natürlich! Wie genial ist das denn? Wieso bin ich da nicht schon früher draufgekommen?

#FAHRN-FAHRN-FAHRN#AUF-DER-AUTOBAHN: Stress auf der A3! Angehörige einer Hochzeitsgesellschaft blockierten mit ihren Luxuskarrossen alle drei Fahrbahnen und zwangen den kompletten Verkehr zum Stillstand. Dann machten sie Fotos und drehten Donats mit ihren Potenzbeschleunigern. Als die Polizei kam, sagten die Deppen den Beamten, dass sie nichts zu befürchten hätten, da sie einen guten Anwalt haben, der bereits informiert wäre.

Wenn einer meiner täglichen Leser eine Ahnung hat, zu welcher Volksgruppe diese schwanzlosen Pirelli-Lurche gehören könnten, dann schreibt mir unter: Elmi@hätten wir damals die erste Generation nicht reingelassen, müssten wir uns von der dritten jetzt nicht auf der Nase rumtanzen lassen.de

#BERLIN: In Spandau wurde ein Mann niedergestochen. Familie und Freunde blockierten daraufhin stundenlang die Notaufnahme der Klinik, in der er notoperiert wurde. Der Mann hatte so viele Freunde, dass auch noch der Haupteingang gesperrt werden musste. Man wundert sich, dass der überhaupt abgestochen wurde!

#BOOSTEDT: In unserer Vorzeige-Unterkunft für traumatisierte Pass-Schwindler rastete ein Somalier komplett aus. Zuerst mit abgebrochener Flasche, dann mit Messer. Vier Polizisten wurden dabei so schwer verletzt, dass sie dienstunfähig sind. Zwei wurden angespuckt und werden jetzt auf Infektionskrankheiten getestet, denn in Somalia grassieren gar lustige, multiresistente Keimchen. Oft ein Mitbringsel der Haubentaucher aus Mogadischu. Da kann man doch mal „Danke“ sagen!

Feddich

ELMI (Leiter des Robert Kotz Instituts)

27. März 2019

#ARTIKEL13: Wieso hab ich das genauso kommen sehen? Das EU Parlament hat der Reform des Urheberrechts zugestimmt. Dabei geht's vorwiegend gar nicht um Urheberrecht. Es geht um die Gleichschaltung von Politik, Sprache, Gesellschaft und jetzt auch noch die Gleichschaltung im Internet. Das Merkelregime hat ganze Arbeit geleistet. Nun wird Kritikern unter dem Vorwand einer dringend notwendigen Reform auf lange Sicht einfach der Saft abgedreht. Das war den Politspacken schon lange ein Dorn im Auge, aber ich habe es schon vor vier Jahren hier in Facebook verkündet, dass es eines Tages so weit kommen wird. George Orwell würde es „ONLINE ZENSUR 2019“ nennen. So geht Meinungsfaschismus oder Umerziehungs-Willkür gegen jegliche Kritik!

Für mich bedeutet es, dass ich das „moinbrifn“ weiterhin schreibe, um es dann beim Upload geschreddert zu kriegen!

#FRANKFURT: Die UNI Frankfurt löscht unliebsamen Professor aus sämtlichen Vorlesungsverzeichnissen. Er hatte öffentlich Flüchtlingsstädte am Rande Europas vorgeschlagen, in denen Flüchtlinge versorgt werden und nur dort! Verlassen sie diese Camps erhalten sie keine Nahrung und Unterstützung mehr (Vorbild Australien). Es funktioniert „Down under" hervorragend, aber bei uns den „Scheinheiligen Samaritern aus dem CO^2 Paradies" geht sowas natürlich gar nicht.

Wir wären ruck-zuck alle Habibs, Bibabs, Wummbums, Dolchstoss-Husseins und Pass-Loser auf einen Schlag los! Wie auch immer, jetzt ist nur der Prof seinen Job los. Siehe oben ARTIKEL 13!

#JUSTIZ: Überraschung im Totraser-Prozess von Berlin. Die beiden Dunlop-Deppen Hamid und Marvin aus Einzellerhausen, die bei einem illegalen Rennen auf dem Ku´damm einen Menschen getötet und einen anderen schwerst verletzt haben, wurden vor dem Landgericht jetzt zum zweiten Mal zu lebenslanger Haft verurteilt. Manchmal geschehen noch Wunder auf dem glitschigen Justiz-Parkett!

Oh, ich vergaß, Revision wurde eingelegt. Warten wirs ab, vielleicht geben sie ja bald wieder Gas, wenn man das so kurz nach dem Krieg überhaupt so formulieren darf!

#PASS: Wie immer, die gute Meldung zuletzt. Ja, Campino, der Sänger der Toten Rosetten, hat jetzt auch die britische Staatsbürgerschaft. Recht hat er! Jetzt kann er sich rechtzeitig aus dem Staube machen, sollte demnächst das alles hier aus dem Ruder laufen. Oder es war ein cooler Steuer-Tipp von Hörby, diesem anderen schlagkräftigen flüchtlingsaffinen Minnesänger aus London. Konzerte gegen „Rechts" gehen dort auch. Darauf 10 kleine Jägermeister!

Feddich

ELMI (Sonderermittler in Sachen Bregshit)

28. März 2019

#KÖLN: Die bunteste Hauptstadt des Kalifats, das Mekka von NRW, Zentrum der Kebab-Schaukler schlechthin, erlebt drei Messer-Attacken in einer Nacht! Ein Toter, zwei Schwerverletzte. Polizei tappt wie immer im Dunkeln, aber es geschah auch nachts ... insofern ... Klinge drüber! Köln- Mühlheim (ich tausche ein „h" gegen ein „l") scheint Lieblingsaustragungsort der Bundesmesser-Spiele für Parallel-Universen zu sein. Ein Polizeibeamter bemerkte trocken: „Sind die jetzt alle wahnsinnig?" Das Witzige daran ist ja, in ihren Ursprungsländern würden sie sich das nicht trauen.

#ESSEN: Chef eines Familienclans kommt um Prozess herum, weil Richter im Saal Randale fürchtet.

Vielfach vorbestrafter Verbrecher (Pumpgun Bilal) drohte Frau, sie „kaputt zu machen" und dann ging er einem Polizeibeamten an den Kragen. Man kann es langsam nicht mehr fassen! Ich stell mir immer vor, das würde zum Beispiel in Michigan USA passieren und der Polizeifunk würde mitlaufen:

Cop: „Police officer attacked!
Police headquarters: „Go for it!"
„Roger!"
... Bäng, Bäng, Bäng! Click! Bäng, Bäng, Bäng!
Cop: „Headquarters, mission completet! Over and out!"

Das Gleiche im Gendersternchen Zentrum ** Euro Mitte:

„Hier Alpha 4, Zentrale, wir benötigen Hilfe!"
„Was ist passiert?"
„Angriff auf Polizeistreife, vier Kollegen verletzt!"
„Wie viele Täter?"
„Einer! Aber sehr südländisches Erscheinungsbild."
„Was??? Und was ist mit Schusswaffe?"
„Die hat er uns abgenommen, warten auf Instruktionen!"
„OK. Am besten ihr macht Feierabend!"

#STYLE: Vogue-Chefin Anna Lappendran bezeichnet Rauten-Lilly als Stilikone. Moment mal, der schwafelnde Hosenanzug soll Stil sein? Der gleiche Blazer in vier verschiedenen Farben, mit dem sie mein Vaterland in Grund und Boden gerammt hat? Beim heiligen Sankt Versace, das haut mir jetzt glatt den Strass vom Glied!

#FLIEHDOCH: „Lifeline-Käptn“, subventionierter Schwimmwestensammler im Club Med der Schlauchboot-Aspiranten, fordert mehr Unterstützung von der Bundesregierung bei seinem Prozess auf Malta.

Ich glaube, Panzerfaust-Barbie muss doch noch irgendwo ein Torpedo rumliegen haben. Dann könnten wir dieses Kapitel ein für allemal abschließen.

Feddich

ELMI (Torpedo-Feinjustierer)

29. März 2019

#MEER: Flüchtlinge kapern Handelsschiff vor libyscher Küste, vermutlich weil die gesalbten Schleuser der NGOs gerade alle vor Gericht sind. Eigentlich sollten die Glücksritter mit dem Dampfer zurück nach Tripolis gebracht werden. Das hat den Reiseteilnehmern aber wohl nicht so gefallen. Jetzt wurden sie halt schnell zu 180 Piraten, da lallt sogar Jack Sparrow. Italien und Malta bleiben hart. Die maltesische Marine hat das Schiff jetzt gesichert.

Aber ruhig Blut, es wird sich schon jemand finden, der ein Herz für Piraten hat, vermutlich irgendein Kaff in NRW, mit einem Bürgermeister, der gerne noch zu Lebzeiten seliggesprochen würde.

#NO#NO#NO#NO#NO#NO#NO#NO: Bester Spruch gestern: „THE NOES HAVE IT“. My nose auch! Achtfacher Matchball vergeigt. Die Dancing Queen vong Downing-Street, Theresa May, ist wohl schon im April am Ende. Jetzt wollen sie wieder Verlängerung. Würde ich als EU nicht machen. Wir wissen spätestens seit 1966 was Verlängerung bedeuten kann, illegal erzielte Tore. Finger weg und raus!

#RESOLUTION: Freiburger Stadträte unterstützen Seenotrettung im Mittelmeer. Sie wollen damit ihrer humanitären Pflicht und historischer Verantwortung nachkommen (Restschuld aus dem 30-jährigen Krieg und so). Ich hätte da eine brillante Idee. Da sind 180 Piraten hängig auf Malta. Einfach aufnehmen und jedes weitere Schiff voll göttlicher Fracht am besten auch. So lange, bis ihr das Dreisam-Ufer verbreitern müsst! Nicht vergessen: „Jeder nur ein Kreuz!“

#AAAAAHHHH: Endlich wieder Freitag! SCHULSCHWÄNZTAG! Und das Beste: Unsere Zopf-Lisel, die Greta Garbo des schwedischen Dünnpfiffs, kommt nach Berlin. So viel Hype gab es seit 1933 da nicht mehr. Und während die Pisa-Bettnässer Punk machen wegen knapp 2 Prozent deutschem CO^2 Ausstoß weltweit, blasen China, USA und Indien uns weiter die Hucke voll, bis zum bitteren Ende!

#KACKE: Da wir gerade dabei sind: Ich habe heute eine Frau gesehen, die ihren Hund Gassi geführt hat. Sie hatte auch ein Tütchen in pink dabei. Vorbildlich! Als sie die Kacke in der Tüte hatte, warf sie die in einen Busch. Seht Ihr, und so isses bei Greta auch.

Wir könnten doch am Donnerstag immer einen „Dogshit for Thursdays“ machen. Ihr geht nach der Schule in den Park und macht die Hinterlassenschaft der Hunde und Dealer weg. Meine Hochachtung hättet Ihr!

Feddich

ELMI (Parkwächter in Shithole Land) Bis zur nächsten Sommerzeit!

April 2019

☜●❍♓⧫ ❍□♓■♌❒♓♐■

Elmis moinbrifn

01. April 2019

#VIPNEWS: Feinstaub-Greta gibt Goldene Kamera zurück. Chapeau, das hätte man nicht erwartet. Ich hoffe, da steckt nicht wieder so eine Svenska-PR-Nummer dahinter. Wir werden sehen.

#NRW: Schon wieder hat eine Hochzeitsgesellschaft eine Straße mit Autokorso blockiert, um zu feiern. Diesmal wars eine libanesische Clan-Familie. Polizei nahm Bräutigam fest! Da sollte man schon mehr Verständnis zeigen, wenn der Bruder die Schwester heiratet. In diesem Glücksmoment der Gene, sollte man mitfühlend sein und mal eine mendelsche Ausnahmegenehmigung für Reifenabrieb erteilen. Auch wenn da ein wenig Neid auf die Luxuskarren mitschwingt. Andere Länder, andere Schlitten!

#MESSER: Ich bin so erleichtert! Eine Studie sagt, dass der häufigste Vorname bei Messerstechern Michael ist. Ich hätte schwören können, Habib, Muhamed oder Hassan! Da kannste mal sehen.

In Donauwörth wurde am Freitag ein Ehepaar mit einem Messer angegriffen und abgestochen.

Der Ehemann starb. Frau auf Intensivstation. Der Täter, ein 33-jähriger Michael Motumbawamba aus Guinea wurde von der Polizei festgenommen.

#KLIMAJUGEND: Nicht vergessen, ihr klimageängstigten Schulverweigerer der Nullpeilung, es ist mittlerweile Sommerzeit! Wenn nicht bereits geschehen, Eure CO²-Zöpfe eine Stunde vorzwirbeln!

#MONTAGSWITZ: NEULICH IN DER PRAXIS: Patient: „Hören Sie mal, Schwester, beim Blutspenden zapf ich mir doch auch nicht das Blut selbst ab!"

Arzthelferin: „Wir sind ja auch keine Blutabnahmeeinrichtung, sondern eine Samenbank!"

Patient: „Ganz mieser Service, gaaaanz mieser Service!"

Feddich

ELMI (Super-Spider-Spermatologe)

02. April 2019

#ZDF: Minusrekord für „Goldene Kamera". Nur knapp 2.2 Millionen haben zugeschaltet. Gerade jetzt, wo unser skandinavisches Zopf-Pinup-Girl eine solche verliehen bekam. Trotzdem gute PR für die schwedische Abgas-Lotte aus Angström! Aber dafür musste sie auch PUR ertragen. Karma ist manchmal eine echt böse Bitch!

#JOBWUNDER: Jeder zweite Arbeitslose hat mittlerweile Migrationshintergrund. Will jemand eine Quelle? Besucht einfach mal die Bahnhöfe von Frankfurt, Hamburg oder Köln. Da quellen sie rum, die Michaels! 😊

#UMZUG: Und wieder ruft das Schlaraffenland! Halbes rumänisches Dorf zieht nach Hagen. Stadt freut sich wie Bolle! Räumt aber ein, dass sie bei der Eingliederung der Roma vor gewaltigen Problemen stehen. Den Zuwanderern fehle schlichtweg der Integrationswille. Sie bleiben unter sich und pfeifen auf die Einheimischen. Lärmbelästigungen und Müllberge sind noch das kleinere Problem. Ich denke, die werden wir nie wieder los! Und wenn eines nicht allzu fernen Tages kein Geld für Stütze mehr da ist, werden sich die akkordeonschwingenden Wandergesellen die mit Gewalt besorgen. Vermutlich nach 22 Uhr! Folklore kann so herzlich sein!

#AUSSTELLUNG: Im Frankfurter Museum für „Angewandte Kunst" wird diese Woche eine Ausstellung für muslimische Mode eröffnet. Alles was man schon immer über Sackmode und Schleier nicht wissen wollte. Am Mittwoch für die Presse, dann ab Freitag für Publikum.

Achtung! Zum ersten Mal in der Geschichte des Hauses wird es Leibesvisitationen und Taschenkontrollen geben. Auch Helmkameras sind eher nicht erwünscht. Das nenne ich „Kunst der Angewandten Realität!"

#BERLIN: Drei Verbrecher greifen Rentner (75) an und rauben ihm die Herrenhandtasche. Dabei zieht einer der Täter (ein Michael aus Georgien) den Rentner so über die Straße, dass er sich den Oberschenkel bricht! Mehrere OPs stehen an. Ein Land in dem man gut und gerne lebt!

Immerhin wurde der Täter gefasst. Vermutlich schon wieder auf freiem Fuß. Wir machen uns nur noch lächerlich!

Feddich

ELMI (die schreibende Herrenhandtasche)

03. April 2019

#FLUT: Der Andrang nach Deutschland hält an. Zwischen dem 5. September und dem 15. Oktober 2015 bereicherten 409.000 Glücksritter unser Land. Das sind rund 10.000 am Tag, die in unsere Sozialsysteme wie die Hunnen einfallen. Da hat sich bis heute nichts daran geändert! Ich wollte es nur mal erwähnt haben, falls es irgendwann dann gigantisch aus dem Ruder läuft. Kann man eigentlich vom Kopfschütteln ein steifes Genick kriegen?

#MEERESRAUSCHEN: Die Kreuzfahrt-Gäste auf der „Viking Sky“, die letzte Woche vor der norwegischen Küste knapp einer Katastrophe entgangen sind, bekommen als Entschädigung eine Gratis-Kreuzfahrt. Der Käptn hat sich diesmal fest vorgenommen, einen passenden Eisberg zu finden.

Volle Kraft voraus! AHOI- CO^{Zwoi}!

#AIRBUS: Schon wieder Panne beim deutschen Regierungsflieger „Konrad Adenauer“! Diesmal platzte bei der Landung in New York ein Reifen. An Board unser aller Lagerfeld-Model für zu kurz gekommene Pimpf-Mode. Vielleicht will uns ja Konrad aus dem Jenseits ein Zeichen senden. Zum Beispiel: Achtung, der SPD-Typ rattert schon lange auf der Felge! Macht ihn platt!

#WORTDESMONATS: Kommt diesmal von Rainer Wendt (Polizeigewerkschaft). Zitat: „Ich bleibe dabei: Wer unter dem Vorwand in unser Land kommt, schutzbedürftig zu sein, um dann Polizei oder Rettungsdienste anzugreifen, darf erst wieder in Freiheit kommen, wenn er den Boden seines Heimatlandes betritt!“ Scheint doch noch ein paar weitsichtige, vernünftige Menschen zu geben. Mehr davon bitte!

#VEGAN: Sechs Jahre lang präsentierte eine Vega-Influencerin auf YOUTUBE ihre „rohvegane“ Ernährung als quasi Evangelium. Ihr Darm kollabierte, ihre Periode blieb aus und sie kam um -zig Jahre zu früh ins Klimakterium. Hat zwar keine Flatulenzen mehr, aber immer noch 1,3 Millionen Abonnenten. Nur das zählt, folks.

Lesen Sie auch ihr neues Buch dazu: „KRÄUTER SÄEN, VEGAN BLÄHEN!“

Feddich

ELMI (pppfffrrrrrtfzzz) nix wie weg

04. April 2019

#TBC: In Bayern galt die Tuberkulose schon mal als fast ausgerottet. Doch 2018 haben sich 831 Menschen im Freistaat mit dieser gefährlichen Krankheit angesteckt. Seit 2015 waren die Tuberkulose-Fälle plötzlich wieder sprunghaft angestiegen. War da was in 2015??? Grübel, grübel!

Das werden doch nicht schon wieder ... Jesses!

#AUSZEICHNUNG: Hat man eigentlich der Lady Gaga der globalen Erderwärmung schon gesteckt, dass die goldene Kamera unter anderem vom Kreuzfahrt Giganten TUI Cruises und von den „Abgas-Manipulator-Champions de Luxe" von VW gesponsert wurde? Komm, KAT drüber!!!

„THE SHOW MUST GO ON!"

#SPACKEN: Es qualmte schon wieder! Diesmal auf einer Kreuzung in Oer-Erkenschwick. Wundert mich, dass es dort überhaupt Kreuzungen gibt. Egal, der Türke war in Feierlaune und drehte seine Donut-Runden hupend mit Vollgas. Vermutlich eine Opfergabe an den heiligen Sankt Dunlop, den Schutzpatron der eingespritzten Einzeller. Polizei stoppt den Vollidioten und beschlagnahmt das Auto. Das gefiel der Hochzeitsgesellschaft ganz und gar nicht. Der Versuch, beruhigend auf die Gäste einzuwirken, funktionierte erst, als massive Verstärkung anrückte. Da wird dieser Kulturkreis an sich dann schnell kleinlaut.

Aber ich denke, man muss Prinzipien haben! Zum Beispiel: „Lieber tot, als Schwung verlieren!" Und deshalb: „Einzylinder aller Welt, vereinigt Euch!"

#TRAUER: Bundesfamilienministerin Franziska Giftspray (SPD) hat wohl ihren so wichtigen Doktor-Titel mit Copy & Paste hinpromoviert. Jetzt warten alle drauf, dass sie den flotten Guttenberg macht.

Ihre Dissertation hatte das Thema: „Europas Weg zum Bürger". Vielleicht wäre das Thema: „Europas Weg zum Betrüger" einfacher gewesen!

Feddich

ELMI (Copy & Pest)

05. April 2019

#SISCHER!SISCHER: Unser pfiffigster Innenminister seit Gensch-Man behauptet: „Die Verbrechensraten sind enorm zurückgegangen. Deutschland ist eines der sichersten Länder der Welt!". Das ist definitiv gequirlter Mist und weitaus weniger als die halbe Wahrheit. Im Selbstbelügen sind wir ja bekanntlich Weltmeister! Da einige ja immer so scharf auf Quellen seid, quell ich mal:

1. Stefan Willeke (Chefreporter der ZEIT): „Die Dortmunder Nordstadt gleicht einer ‚failed City'. Straßenstrich, Drogen-

handel, türkisch-arabische Jugendbanden. Im Süden sind viele Einwanderer aus Rumänien und Bulgarien in viele Häuser gezogen, mit der Folge, dass Einheimische wegziehen!"

2. Sebastian Fiedler (Chef des Bundes dt. Kriminalbeamter): „Wir haben Gruppierungen von Zuwanderern, die tatsächlich nur deswegen hierherkommen, um Straftaten zu begehen. Wir kämpfen momentan mit einer Rauschgiftschwemme. Bei der Umweltkriminalität sinken die Zahlen deshalb, weil wir nichts mehr tun in diesem Bereich. Das ist in Wahrheit ein Drama!"

Vom Dunkelfeld haben wir noch gar nicht gesprochen. Dazu der neue Hit von RUP:

„KOMM MIT MIR INS MESSERMÖRDER LAND!"

#RÜCKTRITT: Sach mal, für wie doof halten uns eigentlich die ehemaligen CDU Politiker? DFB Grindel stolperte über eine Uhr im Wert von ca. 6.800 €, ein Geschenk eines ukrainischen Oligarchen. Er war völlig überrascht, dass eine Uhr so teuer sein kann. Außerdem hat er als Aufsichtsratschef einer Tochterfirma des DFB 78.000 € zusätzlich kassiert!

Hat er nicht mal gesagt: „Im Endeffekt kommt es auf gute Menschen an, die sich am Grundsatz ausrichten: Das tut man nicht!" Man sollte ihn befördern, am besten in den ZDF-Grindelwald!

#ZUKUNFT: DEUTSCHLAND 2033: CO^2-frei aber alle bückbeten Richtung Mekka! Word!

Feddich

ELMI (Braucht jemand ne Rolex?)

09. April 2019

#FURZIDEE: Zurzeit überschlagen sich die Grünen im Umfragerausch. Ein bescheuerter Vorschlag folgt dem anderen. Deutschland im kollektiven Habeck-Fieber. Nach der Enteignung folgt nun der nächste Klops. Ab 2030 nur noch abgasfreie Autos. Diesel und Benziner sind dann verboten. Ab 2035 wird dann auch Verdauung abgeschafft.

#KÖLN: Psychisch massiv gestörter Straftäter verschwindet aus der „Geschlossenen“ bei Freigang. Bereits 2014 war er schon mal geflohen. Für Köln also nichts Neues, weil die gesamte Stadt scheint Teil einer „Geschlossenen“ zu sein. Ich finde, man muss auch diesen traumatisierten Perlen der Genvielfalt vor allem in NRW mehr Entfaltungsmöglichkeiten bieten sich auszuleben. Es sollte die Maxime gelten: IN DUBIO PRO VOLLSPACK!

#LOVE: Es könnte das Traumpaar der Moderne werden. Barack Othello meets Hupftrudel der Raute. Man turtelt vor Kameras, so wie einst Leonardo und Kate. Da geht noch was. Man wünscht sich nichts sehnlicher, als einen Eisberg für die beiden. Aber die gibts wohl weder in Mississippi noch in der Uckermark!

#FREIBURG: Ein halbes Jahr nach zwölffacher Vergewaltigung einer 18-jährigen Diskobesucherin in der Multi-Kulti-Perle des südlichen Schwarzwaldes hat die Polizei nun einen weiteren Verdächtigen festgenommen. „Lucky 13" sagt man doch, oder wie heißt es es in diesem Roman von Alexandre Dumas noch gleich?

„13 kleine Muskeltiere die gingen hintern Busch,
Zwölfe warn schon fertig,
Der Letzte macht noch wusch!
EINE FÜR ALLE- ALLE FÜR EINE!"

#VIPS: YOUTUBE-Stars Bibi und Bubu verraten den Namen ihres Babys. Wie lange haben wir darauf gewartet? Jetzt endlich! Aber ich wusste ihn schon vorher: YOUPORN

Feddich

ELMI (Der D'Artagnan des Abendlandes)

10. April 2019

#PREETZ: Zweifache Mutter in Schleswig-Holstein durch Afghanen hingemetzelt. Vermutlich wars wieder die Lieblingssportart der Glücksritter. Messer-Dating! Ist aber nur eine Vermutung, denn die Polizei hält sich bedeckt. Also wenns nach mir ginge, wäre der Tag, ab dem kein Flüchtling mehr unser Land betritt, ein grandioser Tag.

#ENTEIGNUNG: Kann es sein, dass Enteignungen von Wohnungen im Endeffekt nur dazu dienen, dass man über Wohnraum bestimmen kann, den man dann für Zugereiste zur Verfügung hätte, wenns hart auf hart kommt? Zuzutrauen wäre es den Dünnbrettbohrern in Berlin!

#GRÜNLINKS: Wenn man sich so diese Nasen im Bundestag anschaut, dann kommt man zwangsläufig zu der Erkenntnis, dass uns nur noch eines retten kann:

KÜNSTLICHE INTELLIGENZ

#FLUCHT: Jetzt wird's eng! NGO´s und selbsternannte Flüchtlingsräte rufen zu illegalem und kriminellem Bürgerasyl auf! Da fallen dann Sätze wie: „Wir werden Platz machen für afghanische Flüchtlinge, in unseren Wohnungen und notfalls die Menschen verstecken!"

Mal abgesehen davon, dass man diesen Vorgang unter „krimineller Solidarität" einordnen könnte, hätte ich eine Bitte an diese retardierten Asyl-Fetischisten: Nehmt den Mokka-Hallodris, die euch so heilig sind, dann wenigsten die Messer ab! DANKE!

#FREIBURG: Gute Nachricht für alle Ziegen und andere Wirbeltiere. Der Vollhonk aus Eritrea, der 2017 im Mundenhof im Stall zwei Ziegen und drei Schafe vergewaltigt hat, sitzt jetzt drei Jahre im Knast. Ihr könnt also in Ruhe grasen, vorausgesetzt der Typ hat nicht noch einen Bruder!

Feddich, ELMI (Do Re Mi So Do Mi)

11. April 2019

#ALARM: In Griechenland wartet die nächste rein maskuline Bereicherungswelle in Camp David Klamotten auf ihren Durchmarsch ins gelobte Balla-Balla-Land der Chromosom-schwachen Flüchtlingsräte. Griechische Polizei wird massiv angegriffen und unter „Allahu Akbar" Rufen erheblich verletzt. Ursache: Ein von Schleppern gestreutes Gerücht, die Balkan Route sei wieder offen! Ich glaube, das hört erst wieder beim nächsten Kreuzzug auf! Und an den glaubt mittlerweile keiner mehr.

#VERARSCHE: Achtung, folgende Nachricht könnten Teile der Bevölkerung massiv verunsichern! Ein Afghane hatte zunächst in der Slowakei Asyl beantragt, dann flüchtete er nach Deutschland. Dort sollte er zurückgeschoben werden und kam in Abschiebehaft. Er entzieht sich seiner Rückführung in die Slowakei und flüchtet ins Kirchenasyl. Dort wartet er die Sechsmonats- Frist nach „Dublin 2" ab. Jetzt muss ihn die Slowakei nicht mehr zurücknehmen. Nun klagt er in Deutschland auf Schadensersatz wegen der zeitweisen Abschiebhaft! THIS IS NO JOKE!

Er wird gewinnen, jede Wette. Das Ganze hätte von Loriot sein können unter dem Motto:

„Wo laufen sie denn, ja wo laufen sie denn hin?"

#NRW: MOERS-MESSER-MORD-im Moulin Rouge! Eine Prostituierte stirbt, ihre Kollegin schwer verletzt! Täter stellt sich. Es war diesmal ein rumänischer Messer-Michael und fällt in der Statistik unter „Deutscher Täter“

#MIAMI: Ui, das ging daneben! Neuer Polizeihund in den USA sollte „ROMMEL“ heißen. Großer Shitstorm für den Sheriff. Das wäre ja voll Nazi und so! (Es gibt auch linke Deppen dort) Jetzt musste der Hund umbenannt werden, er heißt jetzt „ADDI“. Dem Hund isses völlig schnupper!

Feddich

ELMI (BLONDIE-TRAINER)

12. April 2019

#VOLLBANANE: Rückblick 2018! Freiburgs Polizeipräsident schlug zum Schutz vor Vergewaltigungen vor: „Frauen sollten abends keinen Alkohol mehr trinken!“ War mir völlig entgangen. Ich hoffte inständig, dass es eine Fake-Meldung war. Absolut krank! Stimmt aber tatsächlich. In Freiburg wundert mich aber schon lange nichts mehr.

Was solls, KO-Tropfen entfalten auch im stillen Wasser ihre gewünschte Wirkung. Auf drei KO-Tropfen kommen in der Breisgau-Perle des rabiaten Gang-Bangs im Durchschnitt dreizehn nicht ausreisewillige Nutzer!

#HESSEN: Die Stadt Wiesbaden bekommt erste Waffenverbotszone! Leider gibt es den Hinweis nur auf Deutsch und nicht auf Arabisch, Afghanisch oder Kuffnukkisch. Da geht einem doch glatt das Insektenspray in der Hosentasche auf!

#BREXIT: Hab ich es nicht gesagt? Der Brexit wird verschoben auf Halloween 2019. Dann wird er nochmal verschoben auf den St.Patrick-Nimmerleinstag 2049. Ich glaube, die meisten schwarzen Löcher befinden sich nicht im Universum, sondern in Brüssel. Möge diese Kack EU sich bitte schnell versenken! Ab der nächsten Finanzkrise gibts richtig Spaß. Doppelschwör.

#FURZROYAL: Der Baby-Countdown für Herzogin Renault-Meghan läuft streng nach Protokoll.

Aber, und nun müsst ihr stark sein, keine minutiöse Berichterstattung, kein Medienzirkus, keine Raumzeitkrümmung und Nahaufnahmen vom Muttermund und des Ereignishorizonts. Und wäre das noch nicht genug, auch kein Hinweis, wo die Geburt stattfinden soll. Das gibt den Royals die Zeit, im Notfall das Kind heller zu schminken! Ganz schön ausgebufft, diese Queen!

#POLITIK: Ex-Verfassungsschutzpräsident Maaßen rechnet mit Merkels Flüchtlingspolitik ab. Das Ganze wäre ein einziges Fiasko und würde sich in diesem Jahr wiederholen. Oha, da wäre ich jetzt nie draufgekommen. Möge die Macht mit uns sein.

Feddich, ELMI (Raum-Zeit-Krümmungsexperte OBI MITKNOBI)

15. April 2019

#POLITIK: Jetzt also doch nicht! Erst Hü dann wieder Hott! Flüchtlingshelfer, die Invasoren vor Abschiebungen warnen, sollen nicht strafrechtlich belangt werden.

Nun, man ist ja von dem Weichei-Lederhosen-Johnny der CSU-Heimatfront mittlerweile gewohnt, dass er innerhalb von wenigen Stunden seine Meinung ändert. Die einzigen die jetzt also noch abgeschoben werden, sind alte Menschen in Pflegeheime. Schade, alle Flüchtlingshelfer im Knast wäre ein Silberstreifen am deutschen Horizont gewesen. Heimat futschi!

#UMWELT: Na, Fridays for Dummies scheint auch nur zu funktionieren, wenn keine Ferien sind. Demos für die Umwelt machen halt nur Spaß, wenn Mathe ausfällt. Die dicke Möhre aus Smörebüll könnte doch während der Ferien mal fix nach China jetten und mal checken ob „Fleiday fol Fjutul" dort auch funzt. Ach so, vergessen, sie fliegt ja nicht wegen „Flugscham".

#KIRCHE: Hammermeldung zur Karwoche aus den Reihen der katholischen Betfront in Frauenkleidern: „Greta Thunfisch wird mit Jesus verglichen! Jesses, da frage ich mich: „Wer nagelt denn sowas?" Da muss was im Weihwasser gewesen sein, anders kann ich mir das nicht erklären.

#BADEN-BADEN: Lustiges Treffen der subventionierten Wandervögel aus den Karpaten. 500 Bettel-Mafia-Mönche in dicken Luxuskarossen blockieren stundenlang mit Gehupe die gesamte Innenstadt am vorletzten Wochenende (Brecheisen Protztour). Nichts geht mehr. In der Presse aber Ross und Reiter zu nennen, Fehlanzeige. Sinti Journalisten feige, oder einfach nur doof?

#SCHLEPPER: Nachdem Malta und Italien hart blieben, fallen Deutschland, Frankreich und Portugal ihren EU-Kollegen in den Rücken. 64 Schlauchboot-Glücksritter sind am Ziel. 22 von ihnen kommen nach Deutschland (am besten nach Freiburg). Welches Signal sendet die EU an die Schleuser? Einfach immer hartnäckig bleiben, einen epileptischen Anfall vortäuschen oder Kinder als Schutzschild hochhalten, dann öffnet sich die Tür zum Paradies von ganz allein. Wir stoppen das nie mehr.

#MONTAGSWITZ: Wie nennt man einen Finnen, der ins Wasser gefallen ist?

Antwort: Ein nasser Lappen!

Feddich

ELMI (Flugschambehaarungs-Experte)

16. April 2019

#URBI@ORBI: Der Heiligsprechung vong „Pancake-Face“ aus Aspjörger steht nun wohl nichts mehr im Wege. Die Greta Garbo der Schwänzer wird vom Papst persönlich empfangen. Es gibt schon die ersten Bildchen mit Goldrand. Danach fährt sie vermutlich mit dem Tretroller an den See Genezareth, über den sie dann barfuß joggt und kurz vorher noch Wasser in Urin verwandelt. Ein Wunder, ein Wunder! Mich wundert bald gar nix mehr!

#CO^2: Ach ja, vielleicht trifft sie ja unterwegs die „Matonna" der Grünen, in farbenfrohe Roncalli-Zelte gehüllt, die im Auftrag der Umwelt mal locker 41.000 Flugkilometer auf Steuerkosten abbrennt, nur um hautnah zu erleben, dass die Fidschi Inseln rundum voller Wasser sind und es dort wegen deutschen Autos auch keine Eisbären mehr gibt, ausgenommen ihrem eigenen natürlich.

#BER: Ich weiß, wenn man nicht 100-prozentig wüsste, dass es real ist, würde man es nicht glauben. Unser Vorzeige-Flughafen-Ost wird vermutlich irgendwann komplett abgerissen. Die verarbeiteten Dübel erfüllen die Brandvorschriften nicht. In der Zwischenzeit haben die Chinesen circa 30 Flughäfen gebaut, bei denen alles funktioniert.

Vielleicht sollte man das Ding einfach abfackeln mit allen verantwortlichen Dubeln, äh Dübeln. Oder wir quartieren illegale Eindringlinge dort ein, dann müssen die nie Angst haben, jemals in einem Abschiebeflug zu landen.

#ILLEGAL: US-Präsident macht Druck auf Opposition. Wenn Demokraten Abschiebungen blockieren, wird er illegale Immigranten gezielt in von ihnen regierte Städte schicken. Eine grandiose Idee. Wir schicken die alle nach NRW. Muha! Okay, Freiburg wär auch ne Option, aber die müssen vorher noch ihr Dreisamufer verbreitern, sonst ist kein Platz für die vielen Holzkreuze. Und auf keinen Fall die falschen Dübel verwenden!

#OSTERN: Ich stell mir die Kreuzigungsszene vor, alle weinen und jemand sagt plötzlich: „HALT! Wir müssen abbrechen, falsche Dübel!" Die Geschichte der Welt hätte eine ganz andere Wendung genommen!

Feddich

ELMI (Kreuzdübel nochmal)

17. April 2019

#PARIS: Eine der wohl schönsten katholischen Kirchen der Welt ist abgebrannt. Nicht nur die Franzosen sind geschockt! Kein Terroranschlag! Wenigstens sagte das Präsident Macron am Abend schon. Er darf das, weil er war Brandsachverständiger, bevor er Altenpfleger wurde. In den sozialen Medien freuen sich viele Muslime, aber den Vogel schießt die Facebook Seite der ANTIFA ab. Sie schlägt vor, Notre Dame abzureißen und eine große Moschee dort zu errichten. So was nennt man Vollidioten!

#ARD&ZDF: Diese Meldung schreibe ich stehend applaudierend. Während alle Programme live über den fürchterlichen Brand berichteten, sendet die ARD einen Tierfilm und beim ZDF läuft Werbung für problemlosen Stuhlgang.

Vermutlich mussten die zuständigen Redakteure erst mal googeln. Die dachten sicher, Notre-Dame wäre ein Bordell in Mainz und wollten ihre Chefs nicht dort stören.

#BREMEN: Nach einer Vergewaltigung einer 16-jährigen im Februar, wurde jetzt ein 18-jähriger Mann aus Syrien festgenommen. Jugendstrafrecht! Wir wissen, was dabei rauskommt! NIX!

#COTTBUS: Am 3. April wurde eine Frau südlich von Cottbus Opfer einer brutalen Sexattacke. Sie wurde zuerst niedergeschlagen, dann vergewaltigt. Als sie den Vorfall meldet, fordert die Polizei sie auf, mit niemandem darüber zu sprechen. Man könnte das auch als einen Akt der Vertuschung bezeichnen. Dann mach ich das jetzt halt. Täter, ich formulier das mal vorsichtig: „aus dem nahen Osten". Man will ja niemanden beunruhigen.

#BADEN-WÜRTTEMBERG: So, jetzt aber mal eine schöne Meldung! Polizei im Südwesten bekommt Schutz gegen Spuckattacken. Denn bald beginnt ja das lustige Osterspucken wieder.

„Isch rotz dein Mutter!" Ich glaube, darüber will die ARD und das ZDF auch nicht berichten.

Feddich

ELMI (Glöckner sucht neue Wohnung)

18. April 2019

#SEX: Draußen ostert es wieder. Und immer, wenn Eier blau sind, dann melden sich die Betschwestern der Kirchenfront mit absurden Themen. Diesmal sogar der ehemalige Chef der Truppe aus dem Vatikan. Ex-Papst Benedikt kam zu der klaren Erkenntnis, dass die sexuelle Revolution in den 60-er Jahren schuld war am sexuellen Missbrauch von Kindern in der katholischen Kirche. Im Klartext: Der Minirock und die Pille waren verantwortlich dafür, dass Priester ihren Messdienern einen Mittelscheitel gezogen haben. Da hopst mir gleich das Osterlamm aus der Backform.

#PRESSE: Spiegel online Thema GEWALT! Wissenschaftler erforschen eine Problemgruppe in Gefängnissen und kommen zu dem Ergebnis: „Aggressive Zuwanderer überfordern die Gefängnisse!"

Nahezu alle jungen Zuwanderer die straffällig werden sind unerreichbar für Therapien. Vielleicht wären ja „Chain-Gangs" eine Lösung. Hat sich in den USA schon bewährt! Arbeit kann auch Therapie sein.

#KUNST: Jetzt wird es ihr mal wieder zu heiß! Die Rauten-Queen der Unterarmnässe hängt Gemälde von Emil Nolde im Kanzleramt ab. Grund: Nolde war glühender Nationalsozialist und Antisemit! Das kommt in diesen linken Zeiten überhaupt nicht gut. Fällt wohl unter die Rubrik: „Tugendhysterie".

Vielleich hülfe ja die Tatsache, dass Nolde von Hitler verachtet und verbannt wurde. Wenn im Zweifel, würde ich hängen lassen. Seine Bilder sind klasse, egal was er dachte. Er war ein Genie. Aber mittlerweile werden wir vom unteren Durchschnitt regiert. Also dreht man sein Fähnchen im Wind. Hoffentlich fällt ihr zur Strafe mal eine Skulptur von Auguste Rodin auf die Rübe.

#WOLF: Der Wildnispädagoge an sich rät: Wölfe im Wald nie angrinsen! Was für ein Schwachsinn! Wenn ich einen Wolf sehe, hüpft mein Herz vor Freude. Viel gefährlicher wäre es als einsamer, grinsender Wolf mit einer Kippa durch Neukölln zu laufen. Das geht dann meist anders aus, als bei Rotkäppchen! Kennt das Märchen überhaupt noch jemand?

#WUNSCH: Zu Ostern wünsche ich mir, dass die Deutschen endlich ihre Eier wiederfinden!

EUCH SCHÖNE FESTTAGE, DANKE FÜRS TÄGLICHE LESEN!

Feddich

ELMI (Euer ZWEIOHR-HASI)

23. April 2019

#BALLA: Die weltweiten Ereignisse der letzten Tage haben für mein Empfinden den österlichen Rahmen bei weitem gesprengt, wenn man das so formulieren darf. Aber mal der Reihe nach:

Unsere Gedanken sind bei ...

#TWITTER: Notre Dame fackelt ab und Muslime in den sozialen Medien feiern weltweit mit Allahu Akbar Beiträgen. Gott sei Dank klärt uns Dumm-Tweet-Tscheebli vonne Berliner-Blitzbirnen-SPD auf, wie Muslime ihre Gefühlsregungen tatsächlich interpretiert haben wollen!

Also, wenn eine Mutter ihre Tochter schimpft, dann sagt sie: „Allahu Akbar, bist du stur!" Wenn Muslime eine gutaussehende Frau sehen, dann: „Allahu Akbar, bist du schön!"

Ach so, dann verstehe ich, wie das mit Notre Dame gemeint war: „Allahu Akbar, brennst du geil!"

#TWEET: Unser Lackäffchen im Maasanzug ist in Gedanken gerade noch bei den Angehörigen des Busunglücks auf Madeira gewesen, da müssen seine Gedanken schon wieder auf Reisen. Diesmal nach Sri-Lanka. Das Gute daran ist, dass Gedanken keinen Regierungsflieger benötigen, denn diese Maschinen sind bei uns zurzeit ziemlich gefährlich, da es vermutlich nicht nur mit der Wartung hapert. Der Terroranschlag in Christchurch war für ihn noch ein „Angriff auf uns alle", während er die Ereignisse auf Sri Lanka gedanklich nicht unter die Rubrik „Angriff auf uns alle" einordnet, sondern unter „Hass unsererseits kann nie die Lösung sein!" Bei über 300 getöteten Christen durch Muslime läge die Vermutung immerhin nahe, dass der Hass diesmal, wie meist immer, nicht von uns ausging.

#TÜRKENHOCHZEIT: Diesmal traf es Herten! Hochzeitskorso gerät außer Kontrolle. Radfahrer wird verletzt, ein Schuss fällt, Fahrerflucht, große Unruhe! Wäre ich König von Deutschland, würde ich Darwins erster Evolutionsstufe grundsätzlich jegliche Feier in diesem Land verbieten.

#9%: Der Anteil der Muslime der Gesamtbevölkerung auf Sri Lanka beträgt 9 Prozent. Bei uns soll er bei knapp 7 Prozent liegen. Wenn also in diesem Sommer dieser unselige Familiennachzug durchgepeitscht ist, dann könnte es bei uns auch verheerend aus dem Ruder laufen. Dann sind wieder alle Gedanken bei den Opfern oder sie gehen wieder auf Reisen.

Feddich

ELMI (Die Gedanken sind frei - noch)

24. April 2019

#RATZFATZ: Osterbilanz von Saudi-Arabien: 36 Enthauptungen, eine Kreuzigung! Alles legal!

Ein Land, in das man gerne Waffen liefert.

#POLITIK: Komiker wird neuer Präsident der Ukraine! Ha, da können wir nur müde lächeln. Wir werden seit zirka 16 Jahren von Komikern regiert.

#LONDON: Greta Dumpfnuss aus Köttbüllar wurde von Demonstranten in der No-Deal-Hochburg für Schwachmaten frenetisch gefeiert.

Seit den Sex Pistols gabs keinen solchen Hype mehr am Marble Arch. 800 Festnahmen von „Klimaaktivisten“. Langsam geht mir der IKEA-Balg auf den Sack.

#PARIS: Endlich auch mal ne gute Nachricht von Notre Dame. Die wertvollste Reliquie, die Dornenkrone von Jesu Christi, wurde in Sicherheit gebracht. Der Tanga von Maria Magdalena bleibt aber weiterhin verschwunden. Ebenso suchen Spezialisten immer noch nach dem Heiligenschein von Ersatz-Jesus Anton Hofreiter.

#TV: Zurzeit gibt es in der Lückenpresse einen neuen Klaus Kleber-Hype. Kleber zeigt Emotionen, Kleber weint fast, Kleber ist erschüttert, Kleber zittert. Am Ostermontag verkündete er die Nachricht, dass Winnetou-Komponist Böttcher verstorben sei. Dann die rührende Geste, die mich fast zum Schluchzen brachte. Er verabschiedete sich von Gundula Gause mit dem Indianergruß! So geil! Ruft mich bitte sofort an, wenn Old Shatterhand stirbt und er dann Gundula mit dem Tomahawk skalpiert. Dann bräuchte ich unbedingt einen Screenshot.

Feddich, ELMI (Hat jemand Sekundenkleber für meine Friedenspfeife?)

25. April 2019

#Bahn: Statt Hochglanzfotos fremder Ethnien abzubilden, die eine Multi-Kulti Gesellschaft abbilden sollen, die so nicht existiert und die es so auch nie geben wird, sollte die Deutsche Bundesbahn einfach Fotos von weißen, schnellen Zügen zeigen, die pünktlich sind! 🤑

#Essen: Letzte Woche wurden drei Autos mit Werbeaufschriften der AFD abgefackelt. Polizei geht von Brandstiftung aus. 😱 Presse hält sich bedeckt.

Man stelle sich vor, jemand würfe ein faules Ei auf einen Flüchtlingsbus 🙉 Vier Wochen Halbmast, Slomka Wachkoma, Gause Eisprung, Kleber Schüttellähmung! Alles eine Sache des Blickwinkels.

#Braunschweig: Betrug durch Flüchtlinge mit Mehrfachidentitäten (täterä) kostet Niedersachsen mehr als 1,6 Millionen Euro.

Wie wärs, wenn die Bundesbahn die Fotos von diesen Primaten veröffentlichen würde mit dem Untertitel: „Und bei uns fahren sie schwarz!"

#Fußball: Bayern München gewinnt durch einen geschenkten Elfer gegen hervorragende Bremer. Der Fußballgott scheint Mitglied im Vorstand von „Mia San Mia". Gut gefällt mir immer, wenn Müller den Orang Utan macht! Hollywood-verdächtig!

Feddich, ELMI (Mehrfach-Identiker)

26. April 2019

#Sayonara: Japanische Uni stellt Raucher vor die Wahl: Abgewöhnen oder Kündigung!

Gute Entscheidung, denn Raucher juckt absolut nix. Ist halt bei Süchtigen so. Raucher sind die Hochzeitstürken der asphaltierten Lungenwege! Man sollte ihnen öfters mal was husten! 😬 😖

#DFB: Der Fußballbund gibt zu, dass der Elfer für Bayern München eine krasse Fehlentscheidung war. Wird Werder Bremen aber nicht mehr helfen. Wir sind halt das Land der krassen Fehlentscheidungen!

#Studie: Die Deutschen scheinen Studien zu lieben! Die Neueste ergibt: Mehr als jeder Zweite hat Vorbehalte gegen Asylsuchende. Deshalb gestern leichte Panik bei den Tagesthemen und im „heute Journal“! Sorgenvolles Gesicht bei Kleber. Ich dachte, gleich weint er sich am Busen von Gundula aus. Keine Sorge Klaus, das ist nur die Realität, die die Deutschen langsam einholt!

#Asien: Europa ist aus asiatischer Sicht zum kranken Mann der Welt geworden. Tendenz steigend. Das bedeutet: Viel Wein für Juncker!

#Geld: Heute wird der 500 € Schein aus dem Verkehr gezogen. Juckt mich eigentlich wenig, man konnte ja nicht mal tanken damit! Obwohl, mir hätte ja schon gereicht, wenn man 10, 20 und 50 Cent Stücke besser auseinanderhalten könnte. Bei der D-Mark ging das problemlos.

#Leipzig: Frau wird mit Messer angegriffen und schwer verletzt. Täter (34) und Opfer (32) kannten sich nicht, sind aber deutsche Staatsbürger! Ok. dann tipp ich auf Gudrun als Opfer, aber Uwe wars wohl wieder nicht. Wetten???

Feddich

ELMI (Sozialer Medienberater vong Lena Meyer-Klappstuhl, der alten Tante😁)

29. April 2019

#Schweinebacke: Der Vorsitzende der halbverschleierten Muezzin-Trompeter, Fridolin Kackmandu, zu Gast bei Illner. Auf die Frage, wieso die bei uns lebenden Muslime keine massive Kritik an ihren Glaubensbrüdern zum Beispiel in Saudi-Arabien üben, wo Menschenrechte vergewaltigt werden, nur halbseidene wischi-waschi-Antworten ohne konkrete Stellungnahme. Man schaut in sein Gesicht und man ahnt seine Gedanken: „Wartet nur, ihr Opfer, bis wir bei 25

Prozent sind, dann wuppen wir eure Schuldkomplexe bis an die Schmerzgrenze.

Hey, ZDF, könnt ihr bitte aufhören diesen Dönerklops weiterhin zu Talkshows einzuladen?!

#Baden-Baden: Die Bäderstadt warnt vor aggressiven, organisierten Bettelbanden. Stadt und Polizei appellieren an die Bürger, nichts in die Bettelkörbe zu werfen. Wird nicht viel nützen. Ich sage zu meiner Tante immer: „Lass dein Geld stecken, der ist nicht gelähmt, der kuckt nur blöd und wenn niemand was gibt, dann verzieht der sich, denn er ist vom Stamme der Zieh-Gauner!" Aber da hat sie schon 5 Euro reingeworfen. Hoffnungslos! Das Problem ist unsere Empathie-Hysterie im fortgeschrittenen Stadium.

#Frankfurt: Eine Frau ist während einer Bahnfahrt eingenickt! Als sie wieder aufwacht, klebt frisches Sperma an ihrem Bein. Welche Schlussfolgerungen ziehen wir daraus? Frankfurt scheint voller freiwilliger Samenspender und es geht nichts über einen gesunden Schlaf!

#Fußball: Der 1 FC Köln trennt sich von Trainer Markus Anfang. Köln ist auf Platz 1! Wo wollen die noch hin? Auf Null? Man könnte jetzt sagen: „Der Anfang ist am Ende".

#Romanze: Sophia Thomalla (29) zieht es an den Bosporus der Liebe wegen. Wir erinnern uns, Thomalla und Torwart Loris Karius sind das Traumpaar der Fußballer-Frauen. Auch bekannt unter: „Zwei, die gerne mal einen reinlassen“. Karius ist von Liverpool an Besiktas ausgeliehen. „Da muss man als Spielerfrau Abstriche machen“ Wer hat ihr das geraten? Vermutlich ihr Gynäkologe! Die Türkei sei wunderschön. Nur nette Menschen, es soll nur ein wenig mit der Pressefreiheit hapern.

Wer hätts gedacht!

Feddich

ELMI (Abstreicher)

30. April 2019

#TV: Letzte Woche bei Maybrit Illner Thema: "Sind uns Muslime scheißegal?" Achtung! Es handelt sich bei diesem Phänomen um eine klassisch-rhetorische Fang-Frage! Die Antwort darauf wäre ein einfaches "JA"!

#Europawahl: Maddin Schulz der politische SPD-Mehrfachscheiterer tourt unermüdlich durch die Lande mit seinem Herzensthema Europa. Bei der Europawahl am 26. Mai könnte man dafür sorgen, dass er in Würselen wieder Bademeister wird! Gehen wirs an!

#Europa: Präsident Macron ist auch schon im Wahlmodus. Sein Kommentar: „Ich pfeife auf die nächste Wahl!“ Übersetzt heiß das wohl: „L´etat cést moi“. Ich hoffe, die Gelbwesten werden ihm was husten, dann darf er am Warmbadetag zum Maddin nach Würselen.

#Messer: Am Karfreitag wurde ein 17-jähriger in München von mehreren Messerstichen niedergestreckt und lebensgefährlich verletzt. Polizei lässt sich Zeit mit einem Zeugenaufruf.

Man ist auf der Suche nach einem „Orientalischen Typ“! Wahrscheinlich ein Nachkomme der heiligen Drei Könige.

#Spende: Die Daimler-AG streicht nahezu sämtliche Parteispenden. Da werden aber einige Polit-Nasen dumm aus der Wäsche schauen. Der Vorstand beschließt, Geld lieber in Bildung, Naturschutz und Kultur zu investieren. Bildung???? Wer will denn so was? Doch nicht freitags um Himmels Willen.

#TV-Format: Demnächst im Abendprogramm: „DEUTSCHLAND SUCHT DIE SUPERZECKE: Golfer, Waldarbeiter und Badegäste berichten aus ihrem Leben.“ Wer hat die Dickste?

Feddich

ELMI (Let's dance Aspirant Abtl. Tangoschieber)

Mai 2019

☜●❍♓⬧ ❍□♓■♌❒♓♐■

Elmis moinbrifn

02. Mai 2019

#JenseitsvongAfrika: Unsere Lotusblüte der verkorksten Asylwelle besucht drei Länder in Afrika. Ein Wunder, dass der Regierungsflieger diesmal abhob!

Niger-Burkina-Faso und Mali stehen auf dem Programm! Fluchtursachen bekämpfen lautet das Motto. Eigentlich könnte Rautenlilly sich das sparen und besser in der Uckermark nackt zelten gehen.

Nehmen wir mal Niger: 1960 waren es 3 Millionen, mittlerweile sind es sage und schreibe 20 Millionen. Wir sprechen hier von Wüstenland. 2050 sind es dann 50 Millionen. So viele Brunnen kann man gar nicht graben. Man müsste dem dortigen Einwohner an sich eindringlich vermitteln, dass Geburtenkontrolle und Bildung der einzige Weg aus dem Dilemma ist, will der Erdteil endlich mal in der Gegenwart ankommen. Wird „Black Man" nicht sonderlich jucken! Die Gelder, die wir zahlen, um unser Gewissen zu beruhigen, werden weiterhin im Wüstensand versickern. Aber wenn Miss Pompadour der hängenden Backen eines nicht kann, dann ist es „Klartext". Mit jedem Euro, den wir dort mit gutem Vorsatz investieren, verschärfen wir die Situation in diesen Ländern und forcieren die Fluchtbewegung Richtung Europa.

Manchmal denke ich, viele Menschen bei uns sind erst zufrieden, wenn hier auch alles so aussieht wie in Burkina-Faso. Wir sind auf bestem Weg dahin.

#FDP: Ist es nicht putzig, wie Christian Lindner, das Schießer-Feinripp-Model mit Drei-Tage-Bart, sich unbedingt als Kandidat für eine Jamaika-Koalition einbringt. Er hat wohl gelernt, dass regieren, egal wo und wie, immer noch besser ist, als einer geregelten Arbeit nachzugehen. Immerhin, eine politische Erkenntnis.

#Stuttgart: Gericht erklärt Stuttgarter Diesel-Richter für befangen! Der Grund dafür ist seine Frau. Sie erfüllt vermutlich die Abgasnorm nicht! Plakette drauf und ab damit!

#Frust: 43 Prozent der Bevölkerung sind unzufrieden mit der Demokratie in unserem Land. Ein Anstieg um 17 Prozent seit letztem Jahr. Bedeutet im Klartext aber, dass 57 Prozent alles gut finden hier. Das bereitet mir irgendwie Sorge!

#Ernährung: Ich lese hier gerade auf meiner Omega-3-Margarine folgende Beschreibung: „Wir machen Bio aus Liebe". Mir würde schon reichen, wenn sie Margarine aus Pflanzen machen würden, wie früher!

Feddich

ELMI (Streich-Experte)

03. Mai 2019

#Zumbalulu: Die „Donna Schwadronada" der sinnlosen Worthülsen auf Blitztournee im Herzen Afrikas. Ablauf: Ankunft, Hymne, Essen, Bla-Bla, Scheckübérreichung, Abflug! Mission completed!

Das wichtigste Land lässt sie sprichwörtlich links liegen. Nigeria. Von dort wandern Verbrecher aus allen Ecken des Landes oft illegal nach Deutschland ein und etablieren eine der gefährlichsten Mafia-Organisationen hier bei uns. Drogen, Gewaltverbrechen und Menschenhandel. Statt sich mal die Regierenden dort zur Brust zu nehmen und beispielsweise zu fordern: „Der nächste Scheck von uns kommt erst, wenn ihr Eure organisierten Banden bei uns komplett zurücknehmt und eure Bevölkerungszahl dramatisch sinkt!" Das wäre ne Ansage, die auch in der letzten Lehmhütte mit Internetanschluss ankommen würde. Stattdessen geht's nach 24 Stunden zum nächsten Empfang.

Man muss kein Orakel sein, um zu wissen wie diese Geschichte ausgehen wird.

#Politik: Die Hamsterbacke der Jungsozialisten, Kevin Dummbrot, will BMW enteignen und keine privaten Vermietungen mehr zulassen. Fällt bei Schwachbirnen unter: „Demokratisierung aller Lebensbereiche". Als ich noch klein war hieß das Kommunismus und war bei uns verboten. Mit Recht! Kann man diese Spinner nicht einfach mal stoppen, notfalls mit Härte???

#Freiburg: Restlose Vermüllung der Innenstadt nach 1. Mai Feier. Als die Polizei gegen 2 Uhr nachts die Musikanlagen stilllegen will, kommt es zu heftigem Widerstand gegen die Polizei. 20 Personen wurden festgenommen. Auf den Straßen sieht es aus wie nach einer Explosion. Kein Kommentar, der nicht justiziabel wäre!

#Hamburg: Schock! Zwei Typen wurden an der U-Bahn-Station Barmbeck angeschossen. Täter: Dunkler Zopf und südländisches Aussehen. Gott sei Dank, Michael schon in der Vorrunde ausgeschieden. Es gilt für Hamburg wie für Freiburg: „Man erntet, was man jahrelang sät!"

#TV: Man muss die öffentlich-rechtlichen Anstalten nicht unbedingt abschaffen! Es würde schon reichen, wenn man die unsäglichen Rundfunkräte zum Teufel jagen würde!

Feddich

ELMI (Miethai bei 10 € pro m²)

06. Mai 2019

#Konstanz: Die Stadt am Bodensee ruft als erste Stadt Deutschlands den „Klima-Notstand" aus!

Liebe verwirrte Konstanzer, alles was ihr bräuchtet, wäre mal wieder ein richtiger Krieg, damit ihr wisst, was Notstand bedeutet.

#Jungsozi: Hab ich das richtig gelesen? Die Hamsterbacke der Enteignung hat sein Studium abgebrochen? Das wären ja dann sprichwörtlich die besten Voraussetzungen für eine Karriere als Politiker. Etwas perplex nahm ich zur Kenntnis, dass er auch drei Jahre als Call-Boy gearbeitet hat.

Oder hab ich da was falsch verstanden?

#Bestseller: Endlich! Es ist soweit! Die neue Biografie vong „Pancake-Lotte“ aus Malmö ist erschienen! Sogar die FAZ tobt vor Freude! Auszug: „Greta konnte schon als Kind CO^2 Moleküle sehen!“

Alter Schwede, hätte ich damals in Chemie das auch beherrscht, hätte ich es nicht abwählen müssen.

#Nachwuchs: Mohammed ist beliebtester Erstname in Berlin. Zur Freude darüber habe ich mir gleich zehn Packungen Ramadan-Konfetti gekauft. Speckwürfel mit Brot! Berlin war schon immer eine Reise wert. Untergänge muss man feiern.

Freunde, wer es immer noch nicht begriffen hat, der Zug ist endgültig abgefahren.

#Talk: Künstlerin wird im Gabor Steingart-Interview gefragt, wie sie sich denn beschreiben würde? Antwort: „Ich empfinde mich als Nomade im Weltengewand, with a dash of Hippie!“

Feddich (with a dash of Vodka)

ELMI (Ich sauf mir jetzt einen, die ersten CO^2 Moleküle seh ich schon)

07. Mai 2019

#ROYALEXIT: Hurra, Meghan hat geliefert! Das Baby ist da! Es ist ein Junge! Leider noch keine Fotos!

Es wird doch kein kleiner Schwarzer sein? Das wär ja ein Glückstaumel ohne Ende bei den Brexits!

Wie wird das Baby von Meghan und Harry heißen? Merry? Haghan? Harrhan? Arrymeg? Oder doch Harry Belafonte?

#Soziale Medien: Twitter löscht Beitrag von Dumm-Tweet-Möhre, der Staatsblitzbirne vonne SPD Berlin. Sie hatte zum Thema häufigster Vorname „Mohamett" geschrieben: „Wir werden schon dafür sorgen, dass dieser Name nie verschwindet."

Stimmt, das Motto muss wie immer sein: „Poppen bis der Sprengstoffgürtel rutscht!" Da sie aber ihren Tweet an die AFD richtete, legte Twitter dies als unzulässige Wahlwerbung aus. Sehr geil!

#Hannover: Der Arbeiter-Samariter-Bund hat ein Problem. Geschäftsführer Mohamed A. (ich lach mich weg) und seine Komplizen sollen laut Staatsanwaltschaft bis zu 10 Millionen €uro an Hilfsgeldern für Flüchtlinge abgezweigt haben. Ich sags ja schon immer: „Die Flüchtlingsindustrie ist der ‚Goldrausch der Neuzeit'."

#Bonn: Die brutale Tat im Jahre 2016 löste bundesweit Entsetzen aus. Ein Schüler wird derart zusammengeschlagen, dass er stirbt. Nun wurde das Verfahren eingestellt, da Haupttäter Walid S. und Zeugen eisern schweigen. Geht auch nur in unserem bescheuerten Rechtssystem! Motto: „Schützt zuerst den Mörder!“

Frage: Könnte man nicht einen Psychologen beauftragen, den Drecksäcken vielleicht doch noch ein Schuldgeständnis zu entlocken? Darf auch gern ein Diplompsychologe aus Tschetschenien sein oder Hamburg-Tötensen!

#Verfassungsschutz: Das Innenministerium stuft mehr als 12.000 Rechtsextreme als gewaltbereit ein. Wenn man aber sieht, dass die Linksextremen weit mehr Gewaltbereite aufbieten, beunruhigt mich diese Meldung nicht.

#Politik: Die Scheckschleuder aus der Uckermark beglückte die gesamte Sahelzone mit deutschen Steuergeldern. Ist ja nicht ihre Kohle. Dann bezeichnete sie den schwarzen Kontinent als „Hoffnungskontinent Afrika“. Richtig! Wir haben immer noch die Hoffnung, dass nicht alle kommen!

Feddich

ELMI (Facebook-Samariter)

08. Mai 2019

#Stuttgart: Massenschlägerei und Schüsse in der Landeshauptstadt Baden-Württembergs. Polizei kommt mit Großaufgebot, kann jedoch nicht mehr eingreifen. Vor den Spiel-Casinos und

Shisha-Bars kommt es zu aggressiven Szenen gegen Beamte. Keiner der Anwesenden machte irgendwelche Angaben. Polizei zieht sich zurück.

Ich erinnere mich noch an die amerikanische Militärpolizei in Ballungszentren der Siebziger. Polizei rein, 15 Sekunden später zehn Deppen blutend auf dem Boden. Danach Festnahme. Keine weiteren Fragen. Dies wäre eine Sprache die auch der Shishaschnüffelnde Dattelbieger aus Nahost verstehen würde. Das wär aber voll Nazi. So lacht er uns halt weiterhin aus. Wir haben es wohl nicht anders verdient.

#Siegburg: Nun wird es auch langsam der Polizei im Multi-Kulti-Pott der Verwahrlosung (NRW) zu bunt! Innerhalb von drei Wochen müssen die Beamten zu über 100 eskalierenden Hochzeiten ausrücken. Schlägereien, Schusswaffen etc. Wer soll diesen Wahnsinn noch stoppen? Chuck Norris?

#Köln-Kalk: Brutale Auseinandersetzung zwischen Mitgliedern eines Libanesen-Clans am letzten Wochenende. Baseballschläger, Pfefferspray, Messer (Loser Grundausstattung). Was besonders auffiel: Am Rande der Klopperei standen Frauen, die schrien, klatschten und feuerten die Männer an.

Wird mal Olympische Disziplin, wetten??

#Politik: Das Schlimme ist ja nicht, dass Typen wie dieser Studien-Allergiker Kevin irgendwelchen Mist verzapfen. Das wahrhaft Verwerfliche ist, dass sie weiterhin zu Talkshows eingeladen werden.

#Grün: Die Trägerin der Beulenpest-Wanderwarze aus Berlin legt Boris Palmer nahe, die Grünen zu verlassen, aufgrund seiner Kritik an einem Plakat der Deutschen Bundesbahn mit multiethnischen Fahrgästen. Ich habs am Wochenende getestet auf der Fahrt von Baden-Baden nach Hamburg.

Innerhalb von fünf Stunden habe ich keinen Fahrgast gesehen, der auch nur annähernd zu diesem Plakat gepasst hätte. Nur weiße, alte Männer und noch ältere Frauen. Die einzige Ausnahme war der Schaffner, aber der konnte Deutsch und hat alten, weißen Männern den schweren Koffer in die Ablage gestemmt. Danke! So einer sollte auf euer Plakat!

Feddich

ELMI (Ausstieg Fahrtrichtung rechts)

09. Mai 2019

#RoyalFart: Die gute Nachricht: De Prinz is kütt! Erste Fotos vong ThronVolker! Die schlechte Nachricht: Er ist weiß! Das sind doch königliche Spaßverderber! Männo! Dafür wollen sie in Archi nennen! Der arme Kerl.

#Ziegen: Achtung! Flüchtlingsbewegungen können mit Hilfe von Social Media vorhersagbar werden. Wenn die Preise für Ziegen in Somalia fallen, deutet das darauf hin, dass Familien ihre Tiere verkaufen, bevor sie flüchten. Woran erkennt man dann, dass die Flucht erfolgreich war? Wahrscheinlich an den schwangeren Ziegen bei uns!

#Farce: Alt-Bundeskanzler Gerhard Schröder verlangt Namensänderung seiner Ex, Doris Schröder-Köpf! Brioni-Kalle ist der Meinung, dass immer nur die aktuelle Frau seinen Namen tragen soll!

Kein Scheiß, das ist so in Königshäusern, fragt Heinrich den Achten! Doris soll froh sein, dass sie nicht gleich geköpft wurde (der war klasse, wa? 🤣

#Tod: Das Bundesverfassungsgericht wird voraussichtlich das Sterbehilfeverbot kippen. Großer Protest bei Ärztepräsident Montgomery. Leuchtet mir ein! Da geht Krankenhäusern viel Geld flöten, denn erst auf den letzten Metern wird's richtig teuer. Er fragt besorgt: „Wo ist der Unterschied zur Euthanasie?" Kann ich ihm sagen: Euthanasie wurde von den Nationalsozialisten praktiziert, um Kranke oder geistig behinderte Menschen einfach zu entsorgen, ohne dass sie es abwenden konnten!

Sterbehilfe auf Wunsch jedoch ist eine freiwillige Entscheidung und sollte Menschenrecht sein, um Leid abzukürzen. Das würde zum Beispiel verhindern, dass Menschen qualvoll in Kliniken und Altenheimen dahinröcheln, bis endlich der letzte Atemzug getan ist. Denn nach 18.00 Uhr wird gewöhnlich niemand mehr auf der Station sein, der „palliativ" richtig buchstabieren kann, geschweige denn das Wort auf Deutsch versteht. Ich weiß von was ich rede!

#3Weiber: Aufmunternder Bericht in der BILD. Streit um Vielehe in Deutschland! Titelstory:

Syrer (40) frohlockt: „SO LEBE ICH MIT 3 FRAUEN UND 13 KINDERN"

„Lieber Abboud, mit 3 Frauen wäre ich hier im Knast und das Sozialamt würde mir die Kinder wegnehmen, weil wir keine Wohnung finden würden."

Bei dir scheint es besser zu laufen. Deshalb „Inshallah". Weiterhin frohes Poppen.

Dein Bakschisch-Lieferant (unfreiwillig, zähneknirschend)"

Feddich

ELMI (Steuerzahlender One-Woman-Man)

10. Mai 2019

#Asyl: Fast 12.000 Ausländer in Hessen sind ausreisepflichtig, gehen aber nicht. Unsere Behörden schauen zu und unsere Teddybärwähler feixen sich eins! Wie viele Bundesländer waren es noch gleich? 16 x 12.000! Wichtigster Duldungsgrund: Fehlende Reisedokumente oder Magenverstimmung! Läuft!

#Angriff: Am letzten Wochenende wurde eine AFD-Kandidatin (Mutter von zwei Kindern) in Bremen von zwei Männern (südliche Pigmentierung) angegriffen und übelst verletzt. Sie wollte nur ein Plakat aufhängen.

Tja, es hat sich wohl bis zum letzten Glücksritter rumgesprochen, dass, wenn die AFD hier übernimmt, die Faxen ein Ende haben werden. Presse hält sich vornehm zurück!

#Bombe: Irans Präsident RoHeini droht Europa und setzt eine Frist. Sollte das Atomabkommen scheitern, wird er Flüchtlinge und Drogen aus Afghanistan zu uns durchwinken.

Hey, du bärtiger Turbanschüttler, schick sie los, am besten gleich alle auf einen Schlag! Vielleicht, wenns geht, noch vor dem 26. Mai, damit auch der letzte Träumer in Buntland begreift, was da auf uns zukommt! Drogen-Zonen sind schon markiert.

#Offenburg: Polizeibeamter im Zuge einer richterlichen Vorführung von einem 22-jährigen Nafri trotz Handschellen durch einen Kopfstoß (Liverpool Kiss) schwer verletzt. Drei weitere Polizisten wurden ebenfalls leicht verletzt. Freunde, unsere Exekutive ist ein absoluter Witz! Wir werden uns noch dran totlachen!

#Vollhorst: Nachdem Kevin Kühnert, der Weltmeister des „Studiums interruptus“ mit einem Witzthema in allen Talkshows weitergereicht wird, probiert es Bodo Rammelpo von den Linken mit einer noch blöderen Idee. Er will eine neue Nationalhymne, weil ihn die alte an die Naziaufmärsche 1933-45 erinnern. Der Typ ist jünger als ich und selbst ich hab noch nie einen Naziaufmarsch gesehen.

Ich hätte ne andere hübsche Idee für diesen Diätensammler. Wir bauen den Kölner Dom ab, damit sich die Muslime während des Ramadans nicht belästigt fühlen. Lanz und Maischberger werden begeistert sein und von Will will ich gar nicht erst reden.

Feddich

ELMI (Bewerber für eine Drogen-Dealer-Zone im Görlitzer Park)

13. Mai 2019

#Politik: Da stellt sich so ein Heini hin und sagt: „Die fetten Jahre sind vorbei." Dass er und seine Vollversager dafür verantwortlich sein könnten, kommt ihm wohl nicht über die Lippen! Wir werden von eierlosen, narzisstischen, unqualifizierten Flachzangen regiert! Weg mit dem Dreck!

#Gotha: Ein Polizist ist am vergangenen Freitag durch einen Schuss schwer verletzt worden. Frage: „Hatte er ein Duell?" Antwort: „Nein, bei einem Handgemenge hat ihm der Täter die Dienstwaffe entrissen und ihm ins Bein geschossen. Bei dem Versuch den vorbestraften Tätter zu überwältigen, leistete dieser heftigen Widerstand. Angaben über die Nationalität oder Hautfarbe machte die Presse zuerst leider nicht!

Mittlerweile steht mehr zwischen den Zeilen als in ihnen (Nafri)!

#Bildung: Freitags für „future" Schule schwänzen und dann das Mathe Abi nicht schaffen, weil die Aufgaben zu schwer sind! Genau mein Humor.

#Groko: Ich geb ja nix auf Umfragen, aber die Schwanznasen vonne GROKO verlieren 20 Prozent! Das ist noch viel besser als die Klimaerwärmung, unter der wir zurzeit bei 4 Grad plus Mitte Mai nachts leiden. Greta, du geiles Zopfluder, ich will, dass du mein Zittern spürst!

#Offenbach: Mutter in Porsche erschossen. Kopfschuss! Täter auf der Flucht! Deutschland, ein Land in dem man gut und gerne stirbt!

#Uni: Kopftuchtagung nur unter Polizeischutz möglich. Diese aggressive Religion zwingt uns täglich ein Stückchen mehr in Deckung zu gehen. Und das ist erst der Anfang. Wir werden uns noch umschauen. Bei der heiligen Ehre meines Schweine-Schnitzels.

Feddich

ELMI (trinkt jetzt ne Nafri-Cola)

14. Mai 2019

#Meinungsbildung: Sehr putzig, wie immer so unvorstellbar subtil die Tückenpresse Umfragen manipuliert. Beispiel Europawahl: „Welches Thema bewegt die Deutschen am meisten?"

Man würde als aufmerksamer Beobachter vermuten, nach wie vor der immense illegale Flüchtlingsstrom, der sich nach wie vor täglich in unser Land ergießt und unsere Sozialsysteme belastet und unsere Sicherheit gefährdet. Weit gefehlt, die Angst vor dem Klima sei das wichtigste Thema überhaupt. Das hätten wir dann der kleinen Schwedenmöhre zu verdanken. Und ich dachte, dass Gundula Gause und Marietta Slomka ihre Unterwäsche tauschen, sei das wichtigste Event für das Wahlvieh! So kann man irren! Darauf einen Asperger Spritz!

#Hollywood: Doris Day ist tot. Mit 97 darf man glücklich gehen, finde ich. Filmikone der 60-er. Wir nannten sie immer Vaseline-Doris, weil Sex mit ihr war immer blitz sauber. Und sie wurde auch nie schwanger in Filmen, vielleicht der Tatsache geschuldet, dass Rock Hudson oft ihr Filmpartner war.

#Passau: Drei Tote in einer Pension mit jeweils einem Pfeil im Auge durch Armbrust! Nun wurden in der Wohnung einer der Toten noch zwei weitere Leichen gefunden. Forensiker arbeiten fieberhaft an der Aufklärung des Falles.

Mein persönlicher Tipp an die Gerichtsmediziner: Wenn noch Äpfel in der Wohnung liegen, könnte es sich um untalentierte Nachkommen von Wilhelm Tell handeln!

#ROM: Deutsche „Seenotretterin“ Zoe (20) drohen zwanzig Jahre Haft in bella Italia. Sie soll auf dem Schleuserschiff „Luventa“ mit Schleppern vor der Küste Libyens kooperiert haben. Na ja, wenn sie in zwanzig Jahren wieder rauskommt ist sie vierzig. Da kann man noch was aus seinem Leben machen. Vielleicht ein Startup gründen z.B. ein „Aqua-Taxi-Mediteran“.

#Politik: Maas twittert! Maas an Erde: „Die Nationalisten und Populisten wollen uns Angst machen vor Vielfalt, vor Minderheiten, vor Geflüchteten!“ Bullshit! Ich hab keine Angst vor Populisten, aber Angst vor zügelloser Gewalt und Respektlosigkeit von illegal Geflüchteten ohne Papiere. Und das millionenfach! „Scotty, beam him up! Rapido!“

#MIAMI: Danea Plasencia (28, Latina) wollte unbedingt ein Hinterteil wie Kim Kardashian (die Arschkrampe aus der TV-Serie) groß und rund. Aus diesem Grund ging sie letzten Freitag in eine Klinik, um sich für 3200 Euro ihre Po-Backen „pimpen“ zu lassen. Ihr Hintern wurde zuerst blau und dann starb sie! Sie hinterlässt drei kleine Kinder. Sehr traurig, aber man kann hier mal wirklich sagen: „Alles fürn Arsch“.

Feddich

ELMI (Armbrustschütze)

15. Mai 2019

#Klartext: Es gibt neue Zahlen zur Zuwanderungskriminalität! Die Anzahl der Morde an Deutschen durch Zuwanderer gegenüber 2017 stiegen um unglaubliche 105 Prozent! Die durch Ausländer verübten Vergewaltigungsdelikte erreichten Rekordwert von 13.377! Schwere Körperverletzung gegen Deutsche wurde Jahressieger mit insgesamt 55.359 Fällen. Auch der ewige Vorwurf, Verfolgung jüdischer Mitbürger durch Deutsche, entpuppte sich als „Fake". Die Polizei ordnete antisemitische Übergriffe, die nicht aufgeklärt wurden, einfach der deutschen Tätergruppe zu. Da geht mir gleich die Kippa hoch!

#Urteil: Der Käptn der „Lifeline", dem Glückskeks-Shuttle Service im Mare Nostrum, wurde in Malta zu einer Strafe von 10.000 Euronen verurteilt, weil er ein nicht ordnungsgemäß registriertes Boot in maltesische Gewässer gebracht hat. Das zahlen die doch aus der Portokasse.

Ich hätte den Kahn versenkt und dabei ein Lied gepfiffen: „Ich bin Schleuser von Beruf, ein dreifach Hoch, dem der dies goldne Handwerk schuf!" Ahoi!

#Aschaffenburg: Ramadan-Ärger an einer Schule. Der Rektor sagt kurzfristig Mai-Fest ab. Die Reaktionen sind heftig. Nun, wer ein Fest absagt, aus Sorge er könne religiöse Gefühle von

Muslimen verletzen, hat die Kontrolle über seinen Schließmuskel bereits verloren und hat sich den „Shitstorm" mehr als verdient.

#Dortmund: Schüler der Martin-Luther-King Gesamtschule haben einen Lehrer in einen Hinterhalt gelockt, um ihn mit einem Hammer zu erschlagen! Hauptbeschuldigter Serkan (16) war mit seiner Benotung nicht ganz einverstanden und Messer war gerade keines zur Hand.

#Freiburg: Einmal pro Woche gehen junge Freiburger im Durchschnitt aus. Sie feiern gerne dort, wo sie sich sicher fühlen. Und ich hätte schwören können, sie feiern da, wo die meisten Büsche stehn.

Feddich

ELMI (James Bond Double)

16. Mai 2019

#EUROEXIT: Neues von der Comedyfront: Twitter Scherze zur Europawahl sind nicht mehr erlaubt. Werden sofort gesperrt.

Kann ich absolut nachvollziehen. Diese Wahl ist an sich schon ein kapitaler Witz, da braucht es keine weiteren Scherzkekse!

#EUROPA: Wenn es den Ländern der Eurozone nicht mal gelingt nach 26 Jahren eine gemeinsame Mehrwertsteuer durchzusetzen, um den immensen Steuerbetrug endlich zu stoppen, der Deutschland im Jahr 50 Milliarden kostet, sollte man diese ganze Brüssel Mischpoke ein für alle Mal einstampfen.

#Norwegen: Deutsches U-Boot U36 der Marine auf Grund gelaufen! Ja, wo solls denn sonst hin? Auf einen Berg? Dann wärs ja ein UFO.

#Kopfschuss: Nach dem tödlichen Schuss auf eine 44-jährige Porschefahrerin fahndet die Polizei nach dem Täter. Gesucht wird der 42-jährige Mohamed S. (Glückskeks und Kunstschütze).

#Prozess: Ehemalige Bachelorette (24) wurde in einer Tiefgarage um ein Haar Opfer einer Vergewaltigung. Amadou B. (44) kniete auf ihrem Brustkorb mit den Worten: „I need to fuck!"

Das liebe ich ja an unseren neuen Kulturbereicherern: Klare, kurze Ansagen!

#Baden-Baden: Die Innenstadt ist mittlerweile ein El Dorado für die Bettelmafia aus den Balkan Ländern. Da sitzen sie mit abbem Fuß und krummem Glied. Oberbürgermeisterin der Kurstadt richtet sich mit einem Apell an die Bevölkerung: „Nichts geben! Denn wenn die Einnahmen nicht üppig sind, ziehen die Banden vielleicht in andere Kommunen."

Geile Einstellung, sollen doch andere den Scheiß ausbaden. Vielleicht auch mal dran denken, bevor man Sintis am Wochenende wieder die Erlaubnis erteilt, die Innenstadt mit ihren Protzkarren zu dominieren.

Feddich, ELMI (Hasse mal nen Euro?)

17. Mai 2019

#NASOWAS: Kurz vor der so richtungsweisenden Europawahl fällt den Politikern in NRW auf, dass die dort lebende Bevölkerung wohl richtig lag, seit Jahren auf das Problem der ausländischen Familien-Clans hinzuweisen. Endlich ein Thema zum Stimmenfang! Okay. Gehen wirs mal an!

Es gibt 104 Clans in der No-Go-Area NRW, die verantwortlich sind für 14.000 schwere Straftaten.

Zwei Familien-Clans davon zeichnen allein für 20 Prozent dieser Taten verantwortlich. Davon sind ein Fünftel weibliche Tatverdächtige. Die gehören vermutlich zur Bande der „Schlagenden Schleiereulen"! Bei diesen kriminellen Strukturen gilt das Recht des Stärkeren und die Verteidigung der Ehre. Das Problem, viele von den kriminellen Jugendlichen besitzen einen deutschen Pass, weil sie hier gezeugt und geboren wurden (leider). Selbst der LKA Chefermittler zeigt sich über die ausgesprochen brutale Vorgehensweise der Clans überrascht. Jahrelang hat die Politik zugesehen, wie diese Pest immer mehr um sich griff und hat nichts getan, aus Angst, selbst zum Ziel von diesen Armleuchtern zu werden.

Jetzt also sei der Zeitpunkt, ab dem man dagegensteuern will! Das wird aber nie und nimmer funktionieren. Denn dazu haben wir ein zu lausiges Grundgesetz. Das schützt Verbrecher mehr als es uns Bürger schützt (Bürgerinnen-Diverse und Weiß-nicht- genau).

Denn wenn man tatsächlich dem Problem auf die Pelle rücken wollte, müsste man das knallhart machen. Betonung auf „knall"! Und das wird nicht passieren! Nicht mal das Zweckentfremden von Baukränen wäre durchsetzbar. Also bleibts wie immer: Vor der Wahl Tamm-Tamm, nach der Wahl Bla-Bla. Unsere Gesellschaft wird daran zerbrechen, jede Wette!

#BERLIN: Kunstraub in Grundschule. Über ein halbes Jahr stand ein Vogelnest aus purem Gold in der Schule in Berlin-Biesdorf. Diebstahlsicher, so dachte man. Jetzt wurde es aus der Vitrine geraubt.

Vitrine putt mit Hammer, Nest flöten! Kurze Zeit später gab es eine Razzia beim Clan-Chef Issa Remmo. Polizei fragt: „Wo Issa Vogelnest?" Siehe oben!

#OFFENBURG: Wieder Kapitalverbrechen eines 25-jährigen Somaliers. Dieser war zufällig am Bahnhof gelandet, weil er ohne Fahrschein aus dem Zug geworfen wurde. Er griff einen 75-jährigen Rentner an und schlug ihn so hart, dass dieser nicht mehr ansprechbar war und schwer verletzt ins Krankenhaus eingeliefert wurde. Einziger Kommentar der Badischen Zeitung: „Es gibt keinen Grund diese Tat zu instrumentalisieren!" Ich sage: „DOCH! IHR SCHÖN-WETTER-POETEN!"

#KLIMA: Hurra, hurra jetzt haben wir auch eine deutsche Klima-Aktivistin. Sie heißt Clara und hat sogar Zöpfe, aber nicht hinten, sondern quer vorne vor der Stirn, da wo normalerweise das Brett vor dem Kopf ist.

O-Ton: „Wir sind hier - wir sind laut, weil ihr uns unsre Zukunft klaut!"

Mein Kommentar dazu: „Schau mal, wie die böse guckt! Hätt Mama sie doch nur geschluckt!"

Feddich

ELMI (Schluckspecht)

20. Mai 2019

#WOW: Welch ein Wochenende! Österreich geht in die Knie und Deutschland verkackt beim ESC erneut! Germany Nüll Points vong Publikum! Wird in die Geschichte eingehen als: „Desaster Weekend Neo Royal!" Aber der Reihe nach:

#Rücktritt: Da fliegt ein Politiker der rechtspopulistischen Partei (FPÖ) 2017 nach Ibiza auf Einladung eines russischen Oligarchen und tappt in die Falle seines Lebens. Okay, dass er Journalisten der Linkspresse für überflüssig hält, offensichtlich bestechlich ist und schlecht über seinen Kanzler redet, ist völlig normal. Auch wir haben einen ehemaligen Finanzminister der 100.000 Mark Schwarzgeld in der Schublade hatte, ohne dass er je zurücktrat. Heute ist er

Präsident des Bundestages inklusive Behindertenparkplatz. Alles vertretbar unter Politikern. Aber wie bekifft muss man sein, um nicht zu merken, dass eine Tussy mit schlechtsitzender Perücke ein Fake ist. Und das über sieben Stunden. Ich hätte spätestens nach zwanzig Minuten meinen Baseballschläger ausgepackt!

Und ist es nicht seltsam, dass das Tape zwei Jahre existierte und zufällig ganz kurz vor der so wichtigen Europawahl durchgereicht wird. Unter anderem vom „SPIEGEL", dem seriösesten aller linken Relotius-Schmierblätter.

Österreichs Regierung hatte alles im Griff: Renten, Soziales, Flüchtlinge, den Islam und vor allem Sicherheit für seine Bürger, etwas wovon Deutschland nur noch träumen kann. Das muss solche Pfeifen wie Juncker, Macron und Merkel sehr verängstigt haben, deshalb auch die zaghafte Haltung beim Wahlkampf.

Nun, es ist wie es ist, Österreich hat keine Regierung mehr und ist destabilisiert. War das die Intention? Wenn ja, dann sollten wir alle am Sonntag unser Kreuz richtig setzen.

Und ZDF, der Politiker heißt Heinz Strache, nicht Hans, ihr Penner!

#ESC: Ich wollte einmal im Leben diesen TV-Event komplett durchziehen. Fazit: Europa scheint uns Deutsche nicht zu mögen. Vielleicht liegts ja daran, dass wir den größten Teil der Chose finanzieren.

Trotzdem: Nülle points! Immerhin nicht Letzter. Meine persönlichen Favoriten waren Australien und Slovenien. Madonna traf den Ton nicht ganz und hatte nur ein Auge, vermutlich Schminkfehler. Ihr neuer Hit war aber trotzdem klasse. Und dann kam mein diverser Höhepunkt: Freakshow mit Conchita Wurst und eine ziemlich fette Tänzerin. Wenn die geplatzt wäre, hätte ich zum ersten Mal beim Voting angerufen. Isse aber leider nicht. Damit keine Missverständnisse aufkommen, mit der fetten Tänzerin meinte ich nicht Babsi Schöneberger.

Ganz schlimm fand ich den Moderator. Wenn er eh schon nicht frei sprechen kann, sollte er wenigsten richtig ablesen und zuhören, bevor er übersetzt. Das hätte ich sogar besoffen besser hingekriegt. Hoffen wir also auf nächstes Jahr, dann schicken wir irgendwas mit Schleier zum ESC, dann klappts auch mit den Punkten. Jede Wette! Peace and Love!

Feddich

ELMI (Oligarchen-Neffe))

21. Mai 2019

#ZDF: Neiiiiin, die linksdrehende Flitzpiepe der spaßbefreiten Comedy-Szene hat definitiv nichts mit den IBIZA-TAPES zu tun. Großes Tennis, angesichts der Tatsache, dass er die Tapes lange vorher kannte. Am Mittwoch gibt's dann ein erhellendes „Neo-Anal" beim Haussender in Mainz. Irgendwann in nicht allzu ferner Zukunft wird der Spaßvogel einen Gag zu viel machen und dem Falschen auf den Zeh stehen und dann nützt ihm nicht mal mehr sein Personenschutz was.

#BERLIN: AFD sagt zentrale Wahlparty in Berlin ab! Grund: Ernstzunehmende Drohungen!

Das nennt sich dann wohl „Gelebtes Demokratieverständnis" in einem Land, das die Grundrechte der Bürger täglich mit Füßen treten lässt!

#PRESSE: Das Relotios-Schmierblättchen der getürkten Fake-News bringt Rautenlilly aufs Cover. Titel: „NACH IHR DIE FINSTERNIS".

Sorry, ihr Haubentaucher aus der Hafen-City, die Finsternis für dieses Land begann vor 14 Jahren, als dieser Polit-Moppel aus der Uckermark das Ruder hier übernahm. Basta! Sie hat so ziemlich alles verkackt, was zu verkacken war!

#SOZIALES: Die Kosten für die Versorgung von Flüchtlingen haben einen neuen Höchststand erreicht. Im vergangenen Jahr rund 23 Milliarden Euro. Welch eine gigantische Geldverschwendung. Keiner von denen wird je Altenpfleger oder Spargelstecher, geschweige denn Installateur. Unsere Senioren verrotten derweil in trostlos heruntergekommenen Heimen, wenn sie nicht das Glück haben an einer Bushaltestelle von einem (Zitat-BILD:) „Prügel-Somalier" erschlagen zu werden!

#WIRTSCHAFT: Die fetten Jahre sind vorbei. Es geht langsam bergab mit „Good old made in Germany". Wenn wir Glück haben, werden wir ein Museum für reiche Chinesen, wenns schlecht läuft, nähen wir T-Shirts für Bangladesch.

Feddich, ELMI (Oligarch)

22. Mai 2019

#Österreich: Eine Vorzeigenation Europas geht in die Knie. Ein Land Europas, das seine Eigenständigkeit bewahrt hat, zerbröselt jetzt. Die „Washington Post" bringt es gnadenlos auf den Punkt. Zitat: „Der gesteuerte Skandal ist ein ‚Schlag gegen die europäischen Anti-Einwanderungsparteien.'" Könnte man nicht treffender beschreiben.

#Erderwärmung: So kalt wie gerade jetzt hatten wir es schon lange nicht mehr. Vielleicht hats ja mit dem Klima gar nix zu tun, sondern mit den Eisheiligen. Die „Kalte Sophie" ließ uns zittern und vielleicht ist ja jetzt die Kältepeitsche der „Frigiden Greta" über uns hereingebrochen. Die Göttin der Warmluft hats jetzt übrigens aufs Cover von „Time" geschafft. Untertitel: „Für mich solls goldene CO^2-Moleküle regnen" oder wie Frank Zappa es formulieren würde: „As long as I get my little golden shower".

Alles is immer noch besser, als freitags Schule!

#SCHWIMMKURS: Und schon wieder sind sie in Europa! 65 Fahrtenschwimmer vom schwarzen Kontinent wurden von einem „Sea-Watch" Wassertaxi aufgefischt! Trotz Verbot wird lustig weitergeschleust. Jetzt wurde das Schiff (Sea-Watch 3) von italienischen Behörden festgesetzt. Vielleicht versenkt jetzt mal einer diesen Kahn! Alle sind wohlauf und guter Dinge auf Lampedusa gelandet. Wers nicht kennt, war früher mal eine traumhafte Urlaubsinsel.

#WITZIG: Aachener Karnevalsverein nimmt jetzt auch Frauen auf! Ui, ich ahnte es, habs kommen sehn, irgendwann hat jeder Spaß mal ein Ende.

#HAMBURG: Eltern vergessen ihr Neugeborenes im Taxi. Tja, so ein Frischgeborenes flutscht einem schnell mal aus der Hand.

Feddich

ELMI (Geburtshelfer oder wie man auch sagt: Genderunentschlossene Hebamme)

23. Mai 2019

#SCHIFFAHOI: Aus dem Mittelmeer gerettete Flüchter dürfen nach Ansicht des UN-Flüchtlingshilfswerks BLUBBER auf keinen Fall zurück nach Libyen gebracht werden, denn dort herrschen Unruhen. Da bin ich einverstanden, obwohl die alle von dort kommen, trotz Unruhen.

Wir bringen die Geretteten einfach nach Tunis oder Ägypten. Deal? No?? Dacht ich mir!

#LAKEI: Özil ist am Ziel seiner Träume. Er durfte beim Fastenbrechen neben seinem angehimmelten Präsidenten sitzen (Mufti- der Duke von Istanbul). Als ich dieses Foto sah, musste ich fast brechen. Diese flankenschlagende türkische Luftnummer ist ein grandioses Beispiel gescheiterter Integration.

Burka drüber und dahin wo der Kümmel wächst!

#AFD: Keine andere Partei in Berlin ist von Vandalismus so betroffen wie die größte Oppositionspartei. 862 Wahlplakate wurden mutwillig beschädigt. 839 davon gelten als politisch motiviert, 23 gelten als kriminell. Körperliche Attacken nicht mitgezählt! Man muss sich vorstellen, das Gleiche würde den Grünen oder der SPD widerfahren. So viele EXTRA-Sendungen würden ARD und ZDF gar nicht schaffen vor der Wahl.

#EUROPAWAHL: Wer AKK; die Plaudertasche der sinnlosen Worthülsen, bei der Wahlsendung am Montag gesehen hat, weiß auf jeden Fall, wo er am Sonntag kein Kreuz machen sollte.

#GEMÜSE: Spargelbauern suchen dringend Erntehelfer! Osteuropäer machen den Job nicht mehr!

Wieviel daumendrehende, alimentierte Flüchtilanten hängen bei uns rum? 2,5 Millionen? Das sollte für den ganzen Sommer reichen. Ach so, ich vergaß, wir sind ja im Paradies für subventionierte Durchhänger. Da lassen wir dann lieber

Spargel und Erdbeeren verrotten. Das, liebe Mitwürger, wird uns noch mal sehr leidtun.

Feddich

ELMI (WAL-O-MATT)

27. Mai 2019

#EUROPAWAHL: CDU kackt ab, SPD noch kackiger, Grüne jubeln! Vermutlich Rot-Rot-Grün in Bremen. AFD nicht wirklich durchschlagend. Wichtigstes Thema der Klimaschutz, welches herhalten muss, weil keiner mehr das nach wie vor brennendste Thema „Illegale Flüchtlinge" hören will. Deutschland auf Talfahrt! Und solche Spinner wie dieser Sonneborn und Semsrott ziehen ins Parlament nach Brüssel. Man fasst sich nur noch an die Rübe.

#FUSSBALL: Pokalendspiel in Berlin! Zum ersten Mal Unisex-Toiletten beim DFB! Von mir aus, wers brauch, aber Fußball ging früher irgendwie anders! Vor allem, welcher divers veranlagte Volltrottel hatte die Idee, beide Teams in den gleichen Farben auflaufen zu lassen? Gendern wir ihn nachträglich ins Nirvana!

#SINZHEIM: Jetzt hats mein Heimatstädtchen auch erwischt. Bereicherung pur! Nackte, dunkelhäutige Frau läuft durchs Dorfzentrum und schreit wie am Spieß! Vermutlich posttraumatisches Reiseerlebnis oder zu viel Wodka. Junge, hilfsbereite deutsche Frau nähert sich ihr und bietet eine Decke an, weil direkt vor der Grundschule. Man will ja keine Kinder verstören. Zack! Dann setzts eine gewaltige Ohrfeige von der Sumo-Ringerin. Weiße Frau taumelt. Bei solchen Schlägen geht's manchmal schnell 10 Jahre ins Wachkoma. Das nenne ich Helfersyndrom mit instant Karma. Wo ist King Kong, wenn man ihn mal bräuchte? Zum Glück halten Gemeindearbeiter die Verwirrte in Schach!

Und ich dachte, das größte Problem von Sinzheim wäre, endlich der Bevölkerung wieder die Möglichkeit zu geben am Leiberstunger Baggersee zu baden. Vermutlich wird das in naher Zukunft nicht mehr ganz so wichtig.

#ÖSTERREICH: Heute geht's Kurz mal kurz an den Kragen. Schade! War guter Mann! Wo die Ösis hindriften? Beispiel gefällig? Bundespräsident Van der Rolle zum Thema Kopftuch, Zitat: „Es ist das Recht jeder Frau sich zu kleiden wie auch immer sie möchte. Bei der um sich greifenden Islamophobie, wird noch der Tag kommen, wo wir alle Frauen bitten müssen, ein Kopftuch zu tragen, aus Solidarität!" Hat noch irgendjemand eine Frage??????

#BREMEN: Deppen-Parade! 300 Randalierer blockieren und verwüsten Bremer Ostertorviertel. Angehörige der vermummten, linken Szene greifen die Polizei an, zünden Feuer und Pyrotechnik und zerstören Geschäfte. Viele Polizisten verletzt.

Es wird der Tag kommen, da werden wir nicht mehr genug Kräfte haben, die dieses linke Dumpfvolk aufhält.

Feddich

ELMI (Sucht blonde, russische Oligarchin mit dreckigen Zehnägeln. Möchte gerne den SPIEGEL kaufen)

28. Mai 2019

#Österreich: Kurz verliert Misstrauensvotum und sein Amt! Der beste Kanzler, den Österreich je hatte! Wie kann ein Volk so dumm sein? Wenn die so weitermachen, dann weht dort in fünf Jahren die Flagge des Halbmonds! Wette?

#Politik: Tja, jetzt wirds halt grün bei uns. Auf jedem Edeka ein Windrad, 7 Euro für den Liter Sprit! Millionen neue, ungebetene Gäste, die uns umbringen, die Rückabwicklung unserer Wirtschaft und Bevormundung auf allen Ebenen! Gut gemacht, Jungwähler-innen-andere-divers etc!

Wir werden es bitter bereuen. Word!

#KIRCHE: Kardinal Woelki wettert vor der Wahl gegen die AFD. Man sollte ihn von der Kanzel entfernen. Wenns ums Thema pädophile Priester geht, wettert der sicher nicht. Schon seltsam. Zur Strafe wird er sich am jüngsten Tag von seinen Frauenkleidern trennen müssen. Ite pissa est!

#JUSTIZ: Die NPD hängt vor der Wahl ein Plakat mit folgendem Text: „Stoppt die Invasion! Migration tötet!" Dies erfüllte laut Ansicht des Gerichts den Tatbestand der Volksverhetzung. Nachdem ein Eilantrag vor dem Verwaltungsgericht scheiterte, wandte sich die Partei an das Bundesverfassungsgericht. Dies äußert Zweifel an der Entscheidung aus Dresden, entschied aber trotzdem, dass die Plakate abgehängt bleiben. Also im Klartext: Es wird wohl rechtlich keine Volksverhetzung hergeben, aber wir bestrafen trotzdem! Das ist dann wohl der Paragraph §130/Balla Balla!

#WARNUNG: Antisemitismus-Beauftragter der Bundesregierung empfiehlt: „Juden sollten nicht überall Kippa tragen. Wegen Nazi und so!" Ich finde, sie sollten alle Kippa tragen, dann würde der Sonderbeauftragte für „Bunte Käppchen" vielleicht schnell merken, aus welcher Ecke die Antisemiten tatsächlich kommen. Aber das will man wohl nicht so genau wissen, denke ich. Das schiebt man dann lieber wieder auf Deutsche!

#SPD: Maddin Schulz lässt nicht locker! Jetzt verspricht er, dass er gegen die fleischgewordene Hüpfburg antreten will! Frei nach dem Motto: „Wenn ich schon nix auf die Reihe kriege, versenke ich den SPD-Kahn komplett!" Der braucht dafür nicht mal einen Eisberg!

Feddich

ELMI (Intensiv-Strafredner)

29. Mai 2019

#CDU: Hey, AKK, Sie haben nicht zufällig aus der gleichen Flasche getrunken wie Maddin vonne SPD? Anders kann ich mir Ihre Äußerungen auf das YouTube Video von diesem Willi Wichtig mit dem Blaustich nicht erklären. Da hätte ich an Ihrer Stelle meine fähigsten IT-Leute zusammengetrommelt und vielleicht einen Gagschreiber. Alles auf Telepromter und dann mit freundlichem Lächeln hätten Sie vielleicht gesagt: „Pass auf, du Wicht, war irgendwas in deinem Haarfärbemittel, was dir nicht bekommen ist? Sag deiner Mutter, sie soll dich endlich abstillen und rede keinen solchen Müll! Basta!" So wird das nix mit dem, der, das Kanzler. Selber schuld!

#Politik: Nun steuert oder sollte man lieber sagen, eiert dieses Land auf Dunkelgrün zu. Den besten Gag im Netz fand ich den: Sohn zu Vater im Jahre 2033: „Papi, warum wohnen wir in einer Höhle?" - „Ach, weißt Du, 2019 waren wir der Meinung, wir sollten Grün wählen!"

#WTF?: Die Queen der Hängebacken, die Pfarrerstochter des Grauens gab CNN ein Interview. Sie sieht die Grünen-Wahl-Ergebnisse als Aufforderung! Da frag ich mich spontan, Aufforderung zu was? Zum Auswandern? Hoffentlich hautse bald ab!

#WAHL: Die Partei zieht mit zwei Sitzen ins Europäische Parlament. Eine Jungwählerin schwärmt: „Ich finde es so toll, dass die ‚Partei' so klar für die Seenotrettung ist!" Liebe

Dumpfbacke, das sind wir alle, nur sollte der Käptn mal seinen Kompass überprüfen lassen! Man bringt aus Seenot Gerettete an die nächste Küste, die meistens in Sichtweite ist und nicht 500 km in die andere Richtung. Dann ist es nämlich keine Seenotrettung mehr, sondern illegales Schleusen. Geh einfach freitags wieder zur Schule, vielleicht hilfts!

#BERLIN: Wenden wir uns wieder dem Alltagsgeschäft zu. Bei einer Verkehrskontrolle werden zwei Beamte massiv angegriffen und verletzt. Nur durch das Ziehen der Dienstpistole der angegriffenen Polizistin konnten die drei Gewalttäter kurz in Schach gehalten werden. Diese traten nach wie vor auf ihren Kollegen ein (beide in Klinik). Die Mutter und Schwester der Spacken filmten das Ganze mit. Erst mit dem Eintreffen weiterer Polizisten konnten die Vollidioten festgenommen werden.

Fazit: Eine gezogene Dienstwaffe macht bei ALI-SÜD noch lange keinen Eindruck, man könnte sie einfach auch mal abfeuern! Nur mal so als Idee.

Feddich

ELMI (Durchlader)

30. Mai 2019

#Ausbildung: Arzt leitet an Münchner Klinik acht Jahre lang Abteilung, obwohl er gar kein

Arzt ist. Keine Panik, Politiker begleiten seit Jahren wichtige politische Ämter, obwohl fast alle keinen Schulabschluss oder eine Ausbildung haben, geschweige denn jemals einer ordentlichen Tätigkeit nachgegangen sind.

#POLITIK: Grüne heißen jetzt nicht mehr Grüne, sondern Königsmacher. Wären vor 30 Jahren ein paar Engelsmacher mehr zu Werke gegangen, hätten wir heute diese Mischpoke nicht an der Backe!

#GRÜN: Fast überall in Europa sind die GRÜNEN auf dem Durchmarsch durch Wahlgewinne. Ausgerechnet in Schweden aber, wo Greta Bückstück, die Erfinderin des Klimas thront, verliert die Umweltpartei fast 5 Prozent. Ihr seht also, es gibt noch Hoffnung. Durchhalten! Nicht ausatmen!

#MALAYSIA: Verpackungen, Tüten und Plastik gingen bisher in Länder wie Malaysia. Jetzt soll der ganze Müll wieder zurückgeschickt werden zu uns. Und ich dachte, dass geht schon seit 2015 so!

#HAGEN: Eine Trauergemeinde von zirka achtzig Teilnehmern aus dem Kosovo blockierte eine Straße. Als ein deutscher Autofahrer darum bat, den Weg freizumachen, wurde er von mindestens drei Typen zusammengeschlagen und getreten. Erst als die Polizei eintraf konnte der blutende Mann ins Krankenhaus gebracht werden. Wenn die nicht alle getrauert hätten, wäre er vermutlich jetzt tot.

Es sind genau solche Volksgruppen, die dafür sorgen werden, dass unsere Demokratie eines Tages zerbröselt. Dann haben Unterschichten hier das Sagen, wenn sie es jetzt nicht schon haben. Bei der täglichen Lektüre über unsere Bereicherer könnte man locker diesen Eindruck gewinnen.

#OB: Der Petitionsausschuss des Bundestages muss sich mit der Forderung befassen, die Steuern auf Tampons und Binden zu senken. Eine Online-Petition brachte dafür mehr als 81.000 Unterschriften.

Ich als alter Monats-Zyklen-Aktivist fordere deshalb eine sofortige Einstellung aller Perioden und plädiere für „Mondays for Bleeding" plus 7 Prozent Mehrwertsteuer.

Feddich

ELMI (Bloody Hell)

31. Mai 2019

#SCHWOOOZENEGGER: Do schauts hiii! Der Derminäder aus der St. Eiermark, der Muskelpumper aus Ösiland, hat jetzt auch sein Herz für den immer strahlenden Sonnenschein Kröta Dünnpfiff aus Knölleborg entdeckt. Beim Austrian World Summit.

Be part of our „CLEIMETTÄCKSCHEN!" heißt das Motto! Sprachs, grinste und verschwand wahrscheinlich in seinem „Hummer" (spricht sich Hammer). Was braucht der auf 100 km? 30

Liter? Da blubbert das CO^2. „HASTA LA VISTA BABY“

#ZDF: Beim Zähneputzen liefs nebenher! Dann blieb mir die Dr. Best fast im Zahnfleisch stecken. Bei Lanz wollte sich Charlotte Roche für die Rettung des Klimas nackt anketten!

Ich sah mich auf die Knie sinken und flehen: „Der Umwelt zuliebe, bitte tu das nicht!“ Dann aber dünkte mir, vielleicht ist das Teil einer Therapie oder ein neues Buch steht an. Ich als Alt-Psychologe konstatierte ein posttraumatisches Feuchtgebiet das langsam zum Austrocknen driftet. Als ich noch Schüler war (lange vor ‚MeToo‘) hatten wir einen Ausdruck für sowas: „Die Alte hat ein Rad ab!“

#DUMPFMÖHRE: Da wir gerade dabei sind: Sarah Conner hatte irgendwie auch schon lange keinen Hit mehr, oder? Da liegt dann nahe, sich politisch zu positionieren. Der Aufstieg der Rechtspopulisten mache sie wütend. In ihrem neuen Song mit dem Titel „Ruiniert“ singt sie über Despoten und AFD-Idioten. Mir persönlich hätte ja der Titel Hohlbrot-Luzie besser gefallen! Was man nicht alles für seine verkackte Karriere tut. Der „STERN“ machts möglich mit Foto. Spontan dachte ich, der Titel beziehe sich nur auf ihre Frisur. So kann man irren!

#VIPNEWS: Verstörendes Instagram Selfie von Boris „Bobbele“ Becker direkt vor Notre Dame! Spontan beschleicht einen die bange Frage: „Welche Ruine retten wir zuerst?“

#ARSENAL: Was ne Klatsche gegen Chelsea in Baku! Mal abgesehen davon, dass man in solch einem Land wie Aserbaidschan freiwillig kein Finale überhaupt spielen sollte, hatte unser Muster-Integrations-Schüler Özil einen rabenschwarzen Tag. „Verpiß dich!" war noch die harmloseste Beschimpfung.

Mach dir keinen Kopp, Bananenflanker, dein Präsident wird dich mit offenen Harem, ... sorry ... Armen, Armen empfangen.

Feddich

ELMI (YOUPORN-AKTIVIST! Wednesdays for Buuumsen)

Juni 2019

☜●❍♓⬧ ❍□♓■♌❒♓♐■

Elmis moinbrifn

03. Juni 2019

Zefix, da hat man mal zwei Tage Pause und dann überstürzen sich die Ereignisse! Der Sommer kommt, Nahles geht! Klopp siegt, Österreich hat Frau als Kanzlerin! Auf der Zugspitze schneits und Geräta Thümbei schmeißt die Schule. Madame Flodder labert ne Menge Müll in Harvard.

Aber erstmal Frage: „Habt ihr den Al-Kuds-Marsch in Berlin unbeschadet überstanden?“ Super! Jetzt müsste auch dem letzten linken Armleuchter aufgegangen sein, aus welcher Ecke der Antisemitismus in diesem Land kommt! Und wer seine Kinder da mitmachen lässt, lässt keine Zweifel in welche Richtung der Zug bei uns in Zukunft fahren wird! Aber zuerst mal die GOODNEWS:

#LIVERPOOL: Kloppo hats geschafft. Champions League Sieger! Sehr verdient! Wenn der richtige Mann am Werk ist, stellt sich auch der Erfolg ein. Nach den Beatles wird er jetzt auch ein Denkmal erhalten. Und ich bin sehr dankbar, dass er die Blonde mit dem engen Schritt eingewechselt hat.

Hat dem etwas unaufregenden Spiel echten Pfiff gegeben. Hat zufällig jemand ihre Telefonnummer?

#BILDUNG: Jetzt ist der Zapfen ab! Die Scheinheilige der CO^2 Volksverdummung hat die nächste Stufe ihrer clever lancierten Kampagne gezündet. Sie geht ein Jahr nicht zur Schule! Neues Motto: „BLÖDHEIT FOR FJUTSCHER" Der Wahnsinn kennt keine Grenzen!

#MITTELMEER: Sea Watch 3 darf wieder schleppen! Das wird Joko & Clyde von Pro7 sehr gefallen, falls sie mal wieder Sendezeit vergeuden dürfen. Frage: „Wenn man eine illegale Aktion unterstützt, ist man dann Mittäter oder nur scharf auf den nächsten Bambi?"

#POLITIK: Eigentlich sollte man nicht über Tote lästern, aber für die SPD mach ich mal ne Ausnahme!

Bätschi hat fertig! Ätschi! Geil wärs ja, wenn Pöbel-Ralle das Ruder übernehmen würde. Dann sänke die Partei auf minus 4 Prozent! Dann könnte die Schnapsdrossel wieder losschulzen! Darauf einen Barley!

#ASYLASYL: In Deggendorf (Bayern) gabs mächtig Bambule! Die Nigeria Connection hat wieder zugeschlagen. Fazit: Fünf Polizisten zum Teil erheblich verletzt. Teilweise wurden sie von dreißig beherbergten Glücksrittern massiv bedrängt und geschlagen. Ohne Rücksicht auf Verluste. Sind das vielleicht die Typen, denen die zwei Kasper von PRO7 die Sendezeit schenkten? Wenn ja, ab ins Wasser mit euch! Freibäder sind geöffnet!

Feddich

ELMI (färbt sich die Haare blau und hat jetzt ne YOUTUBE Influenca)

04. Juni 2019

#SPD: Bätschi Ban-Nahles hält 24 Sekunden Abschiedsrede. Damit zieht sie sich aus allen Ämtern zurück! Der Epilog war eindeutig zu lang! Wäre ich ihr Redenschreiber, wäre sie in vier Sekunden durch gewesen: „RENTE GUT - ALLES GUT- TSCHÜSS!“

#Österreich: Jetzt hats die Schluchten-Ösis aber böse erwischt. Zum ersten Mal haben sie seit dem Wochenende eine Kanzlerin. Brigitte Bierlein, Prost! Wer genau hinschaut, könnte meinen, wir sehen hier die erste „Botox-Queen von Wien“. Steht kurz vor der Rente. Hoffentlich packt sie die noch bis zur Wahl im September! Ich schätze mal, jetzt dauerts nicht mehr lange bis zum Anschluss ans Reich! Muha!

#Kreuzlingen: Am Grenzübergang zur Schweiz wurde ein deutscher Reisebus gestoppt und kontrolliert. Zwei Männer aus Gambia hatten über 430,000 € und über 140 Mobiltelefone in ihren Koffern. Die Schweiz macht da kurzen Prozess. Geld und Tablets konfisziert. Verstoß gegen Geldwäschegesetz. Bei uns hätten die die Zöllner verdroschen.

Übrigens, danke an Seawatch 1, 2 und 3 für die Rettung von solchen Schlauchboot-Bereicherern. Die Kohle würde jetzt nur nutzlos im Mare Nostrum rumtreiben. Volle Kraft voraus!

#KNAST: In den Berliner Haftanstalten wächst der Anteil ausländischer Insassen. Potzblitz, wer hätte so was je gedacht? Aber es hat ja auch was Gutes. Für jeden „NIX SPRECHE DEUTSCH" bedarf es einen, der den Müll übersetzt. Sogenannte Sprachmittler. Wahrscheinlich liegt der auch nachts mit in der Zelle, wenn Motumbo mal Problem hat! Job ist Job! Wir schlaraffen das!

#FOCUS: Bericht über Clanwesen. Gewerkschaft der Polizei sieht Probleme. Zitat: „Im Kampf gegen kriminelle Clans kommt die mächtigste Waffe kaum zum Einsatz!" Es handelt sich um nicht konsequente Abschöpfung des Vermögens, auch anders bekannt unter dem Begriff „Anwendungshemmnis". Und ich dachte immer, die mächtigste Waffe gegen Clans wären ein paar AK 47 ohne Anwendungshemmnis! So kann man sich irren!

Feddich

ELMI (Facebook-Durchlader)

05. Juni 2019

#VIPNEWS: John Cleese (Monty Python) hat Stress anne Backe. In einem Interview äußerte er, dass London für ihn keine britische Stadt mehr sei. Nur noch knapp 40 Prozent sind reine Engländer. Jetzt wird ihm Rassismus vorgeworfen. Londons Bürgermeister Sadiq Khan fühlte sich sofort angesprochen, denn er erwiderte: „Muslime stehen für Vielfalt!"

Na gugge da, und ich Blödi dachte immer, Muslime und Vielfalt schließen sich von vorne herein automatisch aus. Cleese wird's nicht weiter jucken, denn er ist in die Karibik ausgewandert. Ein sehr weiser Komiker eben!

#POLITIK: BILD fragt besorgt: „Was, wenn die GROKO wirklich auseinanderfliegt ...?" Keine Panik, wird sie nicht, dazu hängen die Loser zu sehr an ihrem Job. Und wenn, dann kommen halt die Grünen ans Ruder. Je früher desto besser, dann wird's schneller wie 1945! Erst nach einem restlosen Zusammenbruch kann Deutschland vielleicht wieder genesen.

EHE: Innerhalb von zwei Monaten gab es 129 Einsätze der Polizei wegen Chaos Hochzeiten unserer Parallelgesellschaften auf den Autobahnen in NRW, unserem Genpool der Integrationsfanatiker.

Aber wir deutschen Ureinwohner sollten Verständnis haben für die Bräuche des finsteren Orients. Wenn blutjunge Mädchen mit ihrem 47 Jahre älteren Cousin zwangsverheiratet werden, wegen Familienehre und so, kann man doch mal als Autofahrer großzügig eine Hochzeitsgasse auf der A2 bilden. Rettungsgasse ist sowieso von gestern, Retter würden eh von dieser Klientel nur bedrängt.

#BUMM: Der spanische Fußballstar Jose Reyes (35) ist bei einem Autounfall ums Leben gekommen. Bei sagenhaften 237 km/h platzte der Reifen! Stimmt schon, was die Eagles einst sungen: „TOO FAST TO LIVE, TOO YOUNG TO DIE! BYE BYE"

#WAHNSINN: Bayrischer Rundfunkrat plädiert für einen höheren Rundfunkbeitrag, um dem Populismus den Boden zu entziehen. Es bräuchte Präsenz und journalistische Exzellenz auf allen Ebenen. Also die Ebenen bei ARD und ZDF der letzten Jahre haben mit Exzellenz nicht das Geringste zu tun. Er soll sich die Erhöhung irgendwo hinstecken, wo die Sonne nicht hinkommt!

Feddich

ELMI (Facebook Exzellenz)

06. Juni 2019

#KLIMA: Jetzt fallen die sogenannten Klima Aktivisten schon tot im Bundestag um. Dieses ganze Kasperletheater wurde nochmals um eine Facette erweitert. Es ist plötzlich halt hip für das Klima zu kämpfen, ohne Rücksicht auf Verluste. Hätte vor zwei Jahren noch keine Sau interessiert.

Dieser Hype ist nichts anderes als eine Flucht vor den tatsächlichen Problemen, die dieses Land gerade in die Knie zwingen. Die da wären:

1. Ungezügelter Zuzug weiterer Parallelgesellschaften mit den damit verbundenen steigenden Kriminalitätsraten und Problemen der Integration.
2. Spaltung der Gesellschaft in unvereinbare politisch motivierte Gruppen.
3. Stressbelastung unserer Gesellschaft durch vorwiegend muslimisch geprägte Bevölkerungsteile, die durch ständiges Austesten der Grenzen von Recht und Ordnung tagtäglich das Demokratieverständnis bewusst aushöhlen.
4. Völlige Unfähigkeit der derzeitigen Regierung.
5. Enormer Sicherheitsverlust nicht nur in Ballungsräumen. No Go's, in die sich absolut niemand mehr hineintraut.
6. Gezielt gesteuerte Zerschlagung und Schwächung der deutschen Wirtschaftskraft.
7. Absehbarer Zusammenbruch unseres Sozialsystems.
8. Komplettes Scheitern der Ordnungskräfte gegenüber Familien Clans.
9. Verarmung der sozial schwachen deutschen Bevölkerung.
10. Und jetzt das Wetter: WARM und VINCENT hat doch noch ein HOCH!

#SCHNEE: Auf Deutschlands höchstem Berg, der Zugspitze, liegt so viel Schnee wie seit vierzig Jahren nicht. Aktuell 6,54 Meter! So viel zur Erderwärmung. Weiß Greta Donnerbalken aus Büllerbü das schon, oder macht sie gerade ihre Zöpfe? Ah, sorry, die schläft noch, hat ja ein Jahr schulfrei.

#REDUKTION: Peter Altmaier, zur Zeit Wurstfachverkäufer bei EDEKA, … sorry ... vertan ... Wirtschaftsminister der GROKO, will alle Reduktionsziele für das Jahr 2030 schaffen.

Ausgerechnet der redet über Reduktion. Ich glaube, der streicht sich jeden Morgen ein Pfund Butter auf sein Aspirin!

#ASCHEZUASCHE: Eine jüdische Seniorin ist in Berlin mit einem Brief bedroht worden. In dem ihr zugestellten Brief war eine ascheähnliche Substanz. Jetzt ermittelt der Staatsschutz wegen des Verdachts der Volksverhetzung. Bin sehr gespannt, wie das ausgeht! Schoah ma mal!

#KOPFLOS: Mitte Dezember wurden zwei skandinavische Backpackerinnen in Marokko brutal ermordet. Jetzt müssen sich vier Männer (ISIS) vor Gericht dafür verantworten. Einer der Hauptverdächtigen gestand: „Ich hab eine geköpft … es tut mir leid!"

Tja, wenn das so ist, kann ja mal passieren. Wie viele von denen wollen wir nach Deutschland zurückholen? Viel Spaß!

Feddich

07. Juni 2019

#POLITIK: Hab ich es nicht gesagt? Rot-Rot-Grün in Bremen. CDU-Wahlgewinner steht mit leeren Händen da. GRÜNE sind keine Partei, das is ne Sekte im Aufwind. Bremen war ja noch nie hip, aber jetzt ist die Chance grandios geworden, genauso ein „Shithole“ wie Berlin zu werden.

Wir haben uns mittlerweile zu einer Gesellschaft entwickelt, die unbedingt untergehen will und der es damit nicht schnell genug gehen kann.

#RAMMELDAS: Der Zentralrat der öminösen Strickkäppchen hyperventiliert mal wieder. Er wirft der Polizei in Köln Rassismus vor. Zehn junge Männer vor dem HBF in Kölle in langen Gewändern und Westen riefen laut „Allahu Akbar“. Nach dem Protest von besorgten Bürgern nahm die Polizei diese Subjekte mit zur Dienststelle, wo sie vom Staatsschutz überprüft wurden. Das sei „Racial Profiling“ und ein „massiver Angriff auf Muslime“ nach Meinung des Obermuftis der Allahfisten!

Also, mal Klartext, wenn ich an Ostern am Hauptbahnhof in langen Gewändern eine Monstranz mit Rosenkranz hochhalte und laut brülle: „Jesus liebt dich, Halleluja“, dann muss ich mich nicht wundern, wenn man mich aus dem Verkehr zieht. Deppen werden bei uns wie Deppen behandelt. Noch!

#BRUMBRUMM: Die bayrische Polizei hat sich bezüglich der Hochzeitskorsos auf Autobahnen an den türkischen Generalkonsul gewandt und um Hilfe gebeten. Langsam wird's peinlich, liebe Polizei. Falls es euch noch keiner gesteckt hat, ihr seid unsere „EXEKUTIVE" und nicht irgendwelche Kebab Jonglierer aus Parallelwelten. Niemand hindert euch daran, die Autos dieser Gestörten zu konfiszieren und sie dann platt zu machen, gerne mit Inhalt (gemeint sind, Waffen, Schmuck, Drogen etc., nur damit nicht wieder jemand hyperventiliert). Siehe oben!

#D-DAY: Treffen bei Gedenkfeier! Wie lange wollen die den eigentlich noch feiern? War übrigens das letzte Mal, dass die USA einen Krieg gewannen. Egal, wie dem auch sei, Trump und die Trampel-Ballerina der verbalen Plattitüden gaben sich nicht die Hand. Würde ich an Trumps Stelle auch nicht mehr machen nach dieser Harvard Rede. Leergut und „Stone cold Losern" schüttelt man nicht die Flossen!

#PRESSE: Jetzt springen auch die Zeitungsschmierer auf den Zug auf! Heute Schlagzeile gelesen:

„Rot-Rot-Grün ist die beliebteste Koalition für die Mehrheit der Deutschen!"

Freunde, im Vertrauen, ihr habt den Arsch offen, ganz ehrlich!

Feddich

ELMI (Hochzeitsgassen Experte A5)

11. Juni 2019

Hi, ich hoffe, euer Kurzurlaub war ein Erfolg. Mittlerweile sollte sich nun auch der letzte Stau an Pfingsten aufgelöst haben, es sei denn, irgend so ein paar Hornochsen feiern immer noch Hochzeit auf der Autobahn.

#DÜSSELDORF: Nicht ganz so optimal lief es für eine 51-jährige im DüDo-Hofgarten. Sie wurde gleich von mehreren Männern vergewaltigt. Immerhin konnte sie trotz dieses Alptraums eine genaue Beschreibung der Täter geben. Zwischen 24 und 26 Jahre alt. Nordafrikanisches Aussehen. Einer von ihnen hatte krauses Haar.

„Krauses Haar"? Darf man denn sowas noch in einer deutschen Zeitung überhaupt noch drucken, oder fällt das bereits unter „Racial Profiling"? Wie auch immer, DNA-Probe wurde gesichert. Passieren wird, wie immer, nicht viel! Leider. Es ist alles nur noch zum Kraushaare raufen.

#KIEL: Rund 50 sogenannte Klima Aktivisten, im Fachjargon auch Greta-Vollidioten genannt, haben ein Kreuzfahrtschiff am Auslaufen gehindert. Jetzt feiern sie sich als Helden der Umwelt. Aktion gegen KLIMAZERSTÖRER! OK., Kreuzfahrtschiffe sind nun die allergrößten Umweltverschmutzer weit und breit, aber man fragt sich: „Was kommt als nächstes? Auf Rastanlagen werden Leute beim Tanken erschossen? Aktion BENZINVERNICHTER!

#REINICKENDORF: Ein Spezialkommando (SEK) musste in Berlin ausrücken, da von einem Balkon mehrere Schüsse abgegeben wurden. SEK stürmte die Wohnung. Dort lag eine Pistole und die dazugehörige Munition. Jugendlicher (15) und sein Vater gaben die Tat zu. Anlass der Schussabgabe sei die Freude über die Leistung einer Fußballmannschaft. Aha, das ist ja mal ein eindeutiger Hinweis!

Vermutlich hat die Schweiz wieder mal gewonnen. Dank an die Berliner Zeitung, ihr seid wahre Loser.

#TÜRKEI: Da wir gerade davon zwischen den Zeilen reden, Özil hat es vollbracht. Er hat in einer rauschenden Hochzeitsnacht in einem Luxushotel seinen Präsidenten geheiratet. Achtung, Fake News! Der heißverehrte Führer war nur Trauzeuge! Die Ziegemonie … sorry … Zeremonie dauerte die ganze Nacht! Wünschen wir ihm Glück! Er nahm das Geld unseres Landes, konnte aber mit unseren Werten nicht ganz so viel anfangen. Er soll seinen deutschen Pass abgeben, und in jedem Spiel ein Eigentor schießen, dann sehn wir drüber weg.

#PRESSE: Die deutsche Presse hat herausgefunden, dass GRÜN-ROT-ROT die beliebteste Koalition der Deutschen ist. TOLL! Und der Weihnachtsmann hat die Eier auf dem Rücken.

Feddich

ELMI (Parteien-Ejakulations-Forscher der Grünen)

12. Juni 2019

#PFINGSTNACHLESE:

#NORDSTADT: Massenschlägerei in Dortmund! Achtzig Volljodler dreschen aufeinander ein mit Latten, Stöcken, Werkzeug und Molotow-Cocktails. Als die Polizei eintrifft, flüchten alle Beteiligten. Polizei löscht die Molotowcocktails und wird dabei von 150 Selfie-Spannern bepöbelt und behindert.

Ja, weiß denn die Polizei nicht, dass Pfingstmontags die anatolischen Brechfeste zu Ende gehen?

#DESSAU: Kinderschänder aus Niger wird mit Polizei-Helikopter verfolgt und Kollegen am Boden nehmen den Drecksack fest. Er hat vermutlich eine 9-jährige missbraucht. Kein Kommentar hierzu.

#ZUKUNFT: Bulli Herbig hat jetzt auch ein schlechtes Gewissen wegen Vergangenheit und so. Er schämt sich für seine Generation, dass sie nicht selbst auf die Idee kam, freitags legal die Schule zu schwänzen! Unsere Generation ging halt freitags immer bis zur Sechsten inne Schule, danach sind wir auf den Bolzplatz! Schande über uns!

#LOBBY: Seit wann noch mal macht unsere Glyphosat-Lisel vonne CDU Werbung für Nestle??

Ich dachte, ich seh nicht recht! Wäre ich der Klöckner von Notre Dame, würde ich jetzt dreizehn schlagen. Boing!

#STUDIE: Zuwanderer und Flüchtlinge verstärken die Armut in Gelsenkirchen. Ey, das wurde uns aber anders versprochen. Dringend benötigte Facharbeiter kommen im Minutentakt und alle friedlich. Tja, so lassen sich die Deutschen ins Bockshorn jagen. Wir werden noch gucken!

#PEACEJOYEIERKUCHEN: Greta Duck-Face vonne Frischluftzufuhr in Stöckhölm liegt im Rennen um den Friedens-Nobel-Preis janz weit vorne. Macht aber auch Sinn, denn das Ding wird in Oslo verliehen! Joo-joo! Da hat sie schon mal fast keine Anfahrtskosten. Vielleicht schieben wir ihr noch einen Bambi mit rein. Da bin ich Kumpel!

Feddich

ELMI (Nobel-Preis-Aspirateur)

13. Juni 2019

#MÜLL: Wenn man sich die Fotos nach dem Rock am Ring anschaut, kann einen das Grausen packen.

Das ist nicht mehr „Fridays for Future", das ist mehr „Sundays vor Müll". Durchschnittsalter der Umwelt-Schweine zwischen 16 und 35. Seid Ihr die Hoffnungsträger der Grünen? Da wählt eine beschissene Jugend eine noch beschissenere Partei! Passt! Ihr habt weder eine intakte Natur verdient noch eine bessere Zukunft. So viele Gretas gibt's gar nicht, um das wieder hinzubiegen. Mein Vater hat mir beigebracht, dass man einen Platz so verlässt, als ob man nie dagewesen wäre. Hätte ich solch eine Müllhalde zurückgelassen, hätte ich eine gefangen. Mit Recht! Aber Hauptsache gute Selfies mit Duck-Face. Ihr seid nicht nur erbärmlich, ihr seid brunzdumm!

#BERLIN: Schon wieder Kindesmissbrauch einer 8-jährigen, diesmal vom eigenen Vater und die Mutter deckt dieses Schwein auch noch! Die Sache kam nur ans Tageslicht, weil das Kind in Panik ihre Freundin fragte, ob sie denn auch von ihrem Vater täglich so behandelt würde. Täter Dimitri (30) wurde verhaftet und gleich wieder auf freien Fuß gesetzt. Moment - ich muss kurz kotzen!

Wo wären wir ohne unsere Dimitris und Tohumbas? Wenn die Grünen hier demnächst das Ruder übernehmen, kann er Karriere machen, oder er wird Vorsitzender im Elternbeirat!

#BERLIN: Gerade lese ich: „BERLIN SÄUFT AB". Das macht es schon, seit die Linken da was zu sagen haben.

Geil wär mal die Schlagzeile: „ALLE BERLINER LINKEN - TOT" Keine Panik, man darf ja mal träumen.

#GÖRLITZ: Immer mehr Promis unterschreiben einen Appell an Wähler dieser Stadt. Sie sprechen sich gegen die Wahl eines AFD Bürgermeisters aus. Ich könnte wetten, dass die meisten von diesen Promi-Bettnässern nicht mal wissen, zu welchem Bundesland Görlitz gehört.

#DRESDEN: Sechs Jugendliche „Die Kloreichen Sechs" greifen einen 18-jährigen in einer Kiesgrube an und verdreschen ihn, um ihn danach auszurauben. Polizei nimmt die Deppen fest und übergibt sie ihren Eltern. Vermutlich feiert jetzt der ganze Clan. Laut Angaben der Polizei stammen Tatverdächtige aus Mazedonien, Italien, Syrien, Libyen und der Türkei. Das war ein Beitrag aus unserer Rubrik: „Bunte Folklore aus aller Welt"

Feddich

ELMI (Müllexperte)

14. Juni 2019

#JUSTIZ: Bundesverwaltungsgericht entscheidet: Schreddern von männlichen Küken bleibt erlaubt, bis Alternativen gefunden werden. Also nie! Schade, dass das nicht auch für die Richter gilt!

#LÄRM: Drei Frauen aus Stuttgart/Beuren wurde es jetzt zu bunt, beziehungsweise zu laut. Dabei haben sie das ausgesprochene Privileg direkt neben der Behausung von afrikanischen Flüchtlingen zu wohnen. Sie kommen also in den Genuss unbändiger Lebensfreude, gepaart mit Lärm, Musik und lautem Geschrei rund um die Uhr, jeden Tag!

Jetzt haben die Anwohner das Landratsamt verklagt und siehe da, das Verwaltungsgericht

Stuttgart entschied, dass das Landratsamt Esslingen den Lärm unterbinden muss! Da würde ich spontan einen Stempel auf das Urteil machen: „KLAPPT NIE!"

#IDIOLOGIE: Frauenrechtlerin Seyran Ates warnt: „Der politische Islam übernimmt Deutschland"

Gott sei Dank ist sie Muslima, sonst würde sie jetzt als Nazi von linken Schreiern denunziert werden.

Zitat: „Deutschland braucht eine radikale Kurswende in seiner Politik gegenüber dem Islam."

Sag ich seit mittlerweile fünf Jahren! Keiner wills hören! Oh, gerade merke ich, dass ich den Stempel vom letzten Hashtag noch in der Hand habe! Also - KLAPPT NIE!

#MÜNCHEN: Brutaler Übergriff auf zwei junge Frauen am vergangenen Sonntagmorgen am Stachus in München. Zuerst wurden sie begrapscht und dann übel verprügelt. Nasenbein verletzt und Flasche auf den Kopf. Täter: Zwei alkoholisierte Polen, die vorläufig festgenommen wurden und wieder auf freiem Fuß sind. Begründung: Beide haben festen Wohnsitz! Das ist bei uns der Unterschied zwischen Täter und Opfer. Die einen haben festen Wohnsitz, die anderen ein festes Trauma. Trauriges Land!

#PÄDO: Die gute Nachricht zuletzt: Ein wegen Kinderpornos verurteilter EX-SPD Politiker hat sich bei der Mitgliederversammlung der parlamentarischen Gesellschaft zu Wort gemeldet. Er forderte WLAN in den Haupträumen. Leuchtet mir ein, ohne WLAN keine neuen Fotos zum downloaden. Sacht Bescheid, wenn das mit dem WLAN dann klappt, wir spendieren ne Packung TEMPO!

#KOKS: Platz 1 für Dortmund. Die Stadt liegt bundesweit ungeschlagen ganz vorn beim Kokainkonsum. Sozusagen Gewinner der Champions-Koks-League. Glückwunsch, vor allem an die Nordstadt. Wir sind stolz auf Euch.

Feddich

ELMI (Graf Koks der Erste)

17. Juni 2019

#SONPECHABERAUCH: Neues von Saffran Dumm-Tweet-Schäfli, der Lotusblüte der Einfältigkeit. Sie erstattet wöchentlich bis zu dreißig Anzeigen wegen Hasskommentaren. Immerhin ist sie damit mal ne Weile beschäftigt und das reduziert vielleicht den Müll, den sie bei Twitter täglich hinterlässt. Zu ihrem Bedauern stellen die Staatsanwälte meist diese Verfahren ein und das ist auch gut so. Die Staatsanwälte sollen sich nämlich in erster Linie mit den wichtigen Dingen in unserer Gesellschaft auseinandersetzen, zum Beispiel mit den Gewaltverbrechen aus ihrer Bezugsgruppe, um es mal höflich zu formulieren.

#BADEHOSE: Das rheinlandpfälzische Oberverwaltungsgericht hat in einem Eilverfahren das Burkini-Verbot in städtischen Schwimmbädern vorläufig gekippt. Na prima, der Islam weiter auf Erfolgskurs, jeden Tag ein wenig an der deutschen Toleranzschraube gedreht. Wann begreifen diese bekifften Richter eigentlich, dass sie diesen Rechtsstaat ad absurdum führen mit solchen Entscheidungen.

Es wäre ganz einfach: „Im Namen des Volkes: Unser Land, unsere Baderegeln! Wenns Ihnen nicht passt, bleiben Sie zu Hause!" Sitzung geschlossen!

#NORDHAUSEN: Täter sticht mehrfach auf die Mutter (28) des eigenen Kindes ein. Ein Blutbad nach einem Beziehungsstreit. Frau schwerst verletzt. Rettung durch Not-OP. Täter zuerst auf der Flucht, dann Festnahme!

Nordafrikaner, nur der Vollständigkeit halber. Fällt sicher unter „Deutsche Verbrechensstatisktik". Man gönnt sich ja sonst nix.

#CLAN: Kölner CLAN-Mitglieder erbeuten Millionen und führen trotz HARTZ IV ein Luxusleben in Saus und Braus. Aber mal ehrlich, wir machen es den Schwanznasen ja auch ziemlich leicht. Irgendwann werden wir eines morgens aufwachen und sagen: „Waren wir eigentlich blöd?" Die Antwort wäre leider ein einfaches: „JA"!

#EHRE: Wie immer, die gute Nachricht zuletzt. Die schwedische Autistin aus dem Zirkus „Skolstrejk" bekommt Ehrendoktortitel: Dr. h.c.

Thünschiss Dumpfberg. Was ein Hype. Man kann nur noch den Zopf schütteln!

Feddich

ELMI (Dr. h.c. G-Punkt)

18. Juni 2019

#WANDERSMANN: Die Bundesregierung weigert sich nach wie vor Informationen zu präzisen Flüchtlingszahlen zu nennen. Vor allem die, die ihre Einreise per Flugzeug tätigen. Man schätzt, dass auf diesem Weg bis jetzt nahezu ein Drittel aller Flüchtlinge ins gelobte Land gelangen. Läuft unter „geheimer Verschlusssache"! Leuchtet mir absolut ein, denn wenn die offiziellen Zahlen bekannt wären, würde dieses Land brennen! Mann, werden wir verarscht!

#ZEITGEIST: Ich habe mich oft gefragt, wie es vor 80 Jahren möglich war, dass die Nazis unter Hitler hier so abräumen konnten. Die Antwort ist ganz simpel: „Politik hat was mit Timing zu tun."

Der richtige Hype zur richtigen Zeit, vor allem mit der gehypten, hyperventilierenden Presse im Rücken und schon ist es ein Selbstläufer! Siehe Greta und Klima oder GRÜNE und Schwachsinn!

#ZWICKAU: Bambule vor einem McDonald's. Bei einer Massenprügelei zwischen aggressiven Syrern und Deutschen gab es am Sonntag zwei Schwer- und vier Leichtverletzte. Vermutlich waren den Glücksrittern aus Syrien die Pommes nicht dunkel genug. Syrer festgenommen. Die Mitarbeiter des McBurger-Zentrums waren entsetzt über die absurde Brutalität der von uns alimetierten sogenannten Gäste. Man sollte Sperrstunden für diese Deppen einführen. Am besten rund um die Uhr!

#CO^2: Vergesst alles, was ihr über diesen Müll zurzeit in der Presse erfahrt. Still und heimlich dient das Tamm-Tamm um die Klimaerwärmung am Ende nur dazu, die deutsche Bevölkerung auf jede Menge Klimaflüchtlinge einzustimmen. Das ist der wahre Grund dahinter. Das nennt sich tiefenpsychologische Manipulation. Der Michel wird's wieder schlucken. Irgendwann wird er es raffen, nach dem Motto: „Lernen durch Schmerz, Motivation durch Entsetzen."

#BERLIN: Am Alex wurde eine 150 kg Fliegerbombe aus dem zweiten Weltkrieg gefunden. Für mich hört sich das an wie ein optimaler Kandidat für „THE BIGGEST LOSER" bei SAT1.

Feddich

ELMI (Six-Pack-Bombe)

19. Juni 2019

#BRUNZTULPEN: Hurra, Hurra, AFD Bürgermeister in Görlitz erfolgreich verhindert! Kramp-Karrenbauer im absoluten Glücksrausch! Höchste Zeit für einen blöden Tweet: „Die CDU ist die bürgerliche Kraft gegen die AFD!" Genau, und das Christkind ist schwanger! Tatsache ist jedoch, dass zwei Trullas von den Grünen und Linken auf ihre Kandidatur verzichtet haben und alle anderen Parteien sich zusammenschlossen, und damit den ersten AFD-Bürgermeister verhindert haben.

Grüne und Linke würden auch mit Hühnerscheiße koalieren, nur um die AFD zu verhindern. Deshalb, Frau AKK, war Ihr Statement nichts weiter als gequirlte Kacke und ich weiß nur eines, Sie werden nie und nimmer Bundeskanzlerin dieses Landes. Is auch gut so!

P.S.: Und an alle B-Promis, die sich in den Wahlkampf einmischten, damit Görlitz „sauber" bleibt: Möge die nächste Steuerfahndung mit euch sein, ihr Dachlatten!

#FISCHBEK: Mord an der Waterkant. Mohamed (37) aus dem Libanon auf vollen Touren. Glückskeks mietet Kneipe „Katys Hütte" um „Babe" (36) zu imponieren. Man tanzt und trinkt und lacht. Dann kommt der Glücksritter, der in Buxtehude in einem Flüchtlingsheim in der Nähe haust, seiner Partnerin näher. Als er versucht ihr die Kleider aus dem Schritt zu reißen, wehrt sie sich vehement. Das gefällt Mohamed jetzt aber gar nicht. Er schleift sie aufs Damenklo und tötet sie kurzerhand. Dann entsorgt er die Leiche. Jetzt Festnahme.

Mein Tipp als Strafverteidiger: Zur Tat einfach schweigen, dann Freispruch! Ende!

#LUFTHANSEL: Oha, das ist jetzt aber oberpeinlich. Ausgerechnet die scheinheilige Dreifaltigkeit der Grünen-Mischpoke wurden bei den so verpönten Kurzflügen erwischt. Der Vater: Robert Habeck, der Sohn: Claudia Roth und der heilige Geist: Anton Hofreiter wurden auf dem Flug von Berlin nach München erwischt. Frei nach dem Motto: Wasser predigen, Business-Class saufen, CO^2 ausstoßen.

Wenn das die Greta wüsste! Die würde sich glatt an ihren Zöpfen erhängen!

#TVTVTV: Meine Mum (85) outet sich beim Geburtstagskaffee. Sie schaut mit Begeisterung die Sendung „Let´s Dance“! Ganz besonders gefällt ihr dieser Spaßvogel ganz links. Ich glaube, er heißt „Jorge“ und wird „Chhhhorrchchchchchhheee“ ausgesprochen.

Da war ich aber platt! Ich entgegnete meiner Mum: „Du findest den gut?? Aber sich dann über mich als 16-jährigen aufregen, weil ich immer deine Unterwäsche anhatte! Ich glaubs ja nicht!“ Da hatse mal kurz Schnappatmung gekriegt!

#KLIMA: In fünf Jahren können wir alle CO^2 sehen meint Greta Thünbörg aus Böllerblöd. Alles eine Sache der Medikation.

Feddich

ELMI (CHHHORCHHHEEE)

20. Juni 2019

#TATORT: Es geht ein Aufatmen durch alle Parteien. Endlich ein dubioser Mord an einem CDU Mann. Man hat den Eindruck, alle hätten nur darauf gewartet. Und wer hätte es gedacht, die AFD ist schuld.

Nicht direkt am Mord, aber für den Weg dahin. Ganz vorne wieder das Trockenblumenarrangement der CDU: Annegret Dingens, knapp gefolgt von Claudia, hurra, ich trag ein Zirkuszelt. Sie mahnt einen sorgsamen Umgang mit Sprache. Was sie meint ist einfach plump: „Zensur!" Aber da ist noch einer bei der christlichen Partei, dem eine Dachlatte abhandengekommen scheint. Generalfeldmarschall Tauber schlägt allen Ernstes vor, Kritikern der Asylpolitik der Bundesregierung ihre Grundrechte zu entziehen. Tja, dann werden AFD-Wähler wohl ihr Vermögen so langsam in die Schweiz transferieren müssen. Manchmal kann man es einfach nicht mehr in Worte fassen. Ich probiers trotzdem:

„Lieber einen Spacken am rechten Rand, als ein Tauber aufm Dach!"

#ZITTER: Rautenlilly hats nicht leicht. Beim Abdudeln der deutschen Nationalhymne fing sie mächtig an zu zittern. Vielleicht lags ja daran, dass ihr plötzlich klar wurde, dass sie das Land, dessen Hymne da erklang, restlos an die Wand gefahren hat. Nach zwei Glas Wasser gings dann wieder. Und da liegt der Unterschied zu

Claude, dem Juncker, der hätte nach zwei Litern Doornkaat immer noch gezittert.

#REGENSBURG: Ein Mann verwüstet die Räume der örtlichen Pfingstgemeinde. Der Randalierer drang in die Kirche ein und zerschlug alles, was ihm in die Finger kam. Schaden 10.000 €uro!

Täter weithin polizeibekannt. Beschreibung fehlt leider, denn er ist ja nicht bei der AFD. Wer es genauer wissen möchte, sollte das Foto etwas zoomen, dann wird's klarer.

#EURO: Ganz klammheimlich wurden von der EU Banken-Einlagensicherung durchgewunken. Zinsen werden weiter fallen. Der Sparer guckt in die Röhre. Wir taumeln auf den nächsten Crash zu und die Banken wissen jetzt, dass der Steuerzahler immer dafür haften wird. Da kann man sich als Hedgefonds-Experte doch mal zwei Flaschen Chateau Margaux 1787 hinter die Binde kippen, mit Eiswürfel, versteht sich. Oder machts wie ich, kauft euch ein E-Bike. Ist zwar keine Wertsteigerung, aber man kann sich damit herrlich auffe Fresse legen.

#WUFFWUFF: Er bellt wieder, unser Escort-Johnny und EX-Präsi. O-Ton: „Der Flüchtlingszuzug wird ein Glücksfall wie die deutsche Einheit."

Das mag sein, denn er hat nicht gesagt, für wen es ein Glücksfall sein wird. Für die Glücksritter auf jeden Fall. Was wohl die vier bis 5000 von alimentierten Zugereisten getöteten, geschändeten, verstümmelten und schwerverletzten Deutschen fühlen, wenn sie dieses Statement hören? Ich sag jetzt lieber nichts mehr, sonst holt mich der Tauber.

Feddich

ELMI (Hauben-Tauber)

21. Juni 2019

#DROHUNG: Nach dem Mord an CDU-Mann wächst die Angst bei Kommunalpolitikern! Immer mehr Politiker erhalten Drohungen. Darunter auch die Oberbürgermeisterin von Kölle, Henriette Reker! Ich weiß nicht was ich ihr raten soll, aber immer eine Armlänge Abstand wäre vielleicht ein guter Ansatz!

Drücken wir die Daumen! Den Rest erledigt der Personenschutz!

#FLUTWELLE: Die weltweite Zahl der Flüchtlinge ist nach UN-Angaben auf über 70 Millionen gestiegen. Wenn sich die Kloaken dieser Welt eines Tages öffnen, dann wird Deutschland, wie wir es kennen, überspült und untergehen. Ich schätze, das war so gewollt. Vielleicht kriege ich ja Asyl in der Schweiz.

#WETTER: Im Winter ist es immer die Russen-Peitsche, im Sommer die Sahara-Keule. Hey, ihr BILD Brainstormer, lasst mal Fantasie walten! Hier ein paar Tipps:

Kongo-Hitze, Klima-Burner, Death-Valley-Hammer, Timubktu-Glut! Die 40-Grad-Machete, Wüsten-Wüter, Heißluft-Föhner, Wowereit-Warmdusche!

Grönland-Frost, Minus-Stalinorgel, Arktis-Bläser, Nordpol-Wumme, Eisbär-Klöten, Forstbeulen-Zange, Alaska-Blitz, Marietta Slomka!

#URLAUB: Neues aus dem Traumland für Einzeller. Die Türkei will deutsche und türkischstämmige Reisende festnehmen lassen, die als Regierungsgegner gelten. Gleich bei Ankunft klicken die Handschellen. Wir wünschen einen schönen Resturlaub. Hätte noch zwei Tickets nach Antalya.

Böhmermann: Interesse????

#GRÜN: Robert Habeck, der George Clooney der Zurückgebliebenen, redet Klartext: „Wer uns wählt, weiß, dass sich damit Gravierendes ändert!" Ja, erstmal das Einkommen und die Pöstchen für grüne Spacken und dann passiert wirklich was Gravierendes: DEUTSCHLAND IST ENDGÜLTIG IM EIMER!

#STADE: Bei einem Streit in einem Glücksritter-Absteige-Hotel an der Elbe wurde ein 23-jähriger Sudanese erstochen. Verdächtiger Täter (Sudanese) festgenommen! U-Haft! Und jetzt alle:

„Zehn Sudanesen sagten morgens „moin"
Der eine zückt ein Messer, da warens nur noch neun."
Neun Sudanesen, die wohnten im Hotel

Der eine hat Machete, doch der andre war zu schnell!"

Der Tatverdächtige schweigt! Ja, nicht nur die Afghanen wissen, wie es bei uns läuft! Freispruch wegen traditionellen Kulturbräuchen und enormer Haftempfindlichkeit. Sitzung geschlossen.

Feddich, ELMI (Cellist des Staatsstreich-Orchesters) in B-Moll

24. Juni 2019

#TV: Am Wochenende hats FOCUS nun auch endlich geschnallt! „ARD und ZDF sorgen ständig mit Sendungen von der Resterampe für großes Gähnen!" Tja, so isses schon seit -zig Jahren. Wenn man das Geld der Bürger nur so in den Hintern geblasen bekommt, kann man das ganz locker angehen lassen. Ist halt alles Teil der Verdummungsmaschinerie der Politik! Da kann man dann wirklich sagen: „Deja vu."

#GARZWEILER: Über 8.000 Klimaaktivisten stürmen das Gelände des Braunkohlelagers! Hunderte durchbrechen die Polizeikette. Mehrere Polizisten verletzt, Brand-Anschlag auf Pumpstation. Alles unter dem Motto: „Ende Gelände". Es scheint, als ob es für diese Klima-Deppen keinerlei Grenzen gibt. Sie treiben dieses Land vor sich her, ohne Rücksicht auf Verluste. Vielleicht stürmen sie ja demnächst einen Kohleofen, wer weiß! Ab 700 Grad hört der Spaß auf, hab ich mir sagen lassen.

#GEFAHR (bibber): Seit dem Mord an diesem CDU-Mann sieht jetzt auch der Bundespräsident unsere Demokratie in Gefahr. Dass von etwa 160 deutschen IS-Anhängern jede Spur fehlt, scheint ihn weniger zu beunruhigen.

#OSNABRÜCK: Polizei nimmt ausreisepflichtigen Asylbewerber aus dem Libanon fest. Er drohte damit, sich in die Luft zu sprengen. Er galt schon lange als Hochrisikofall, aber man kann ihn nicht ausfliegen, weil Papiere fehlen. Mein Tipp, da das mit der Abschiebung nix werden wird: „Bevor er sich in die Luft sprengt, ein paar Sandsäcke aufschichten, wegen WUMM und so. Bitte Video bei YOUTUBE hochladen.

#JESUS: Jeder darf auf dem evangelischen Kirchentag reden, außer die AFD, denn die gelten als die Leibhaftigen direkt aus dem Schlund der Hölle! Auch Miss Pompadour der offenen Grenzen für die Psychos aus aller Welt kam salbungsvoll zu Wort: „Wir müssen Afrika zuhören!"

Man fragt sich, bei was? Vielleicht beim Vermehren?? Dann doch lieber Helene Fischer!

#VULVA: Ich war auch beim Kirchentag, aber ich durfte nicht rein. Vielleicht lags an meinem Transparent. Ich hatte eine Vulva aus alten Autoreifen gebastelt mit dem Text: „ALLES FO***, ODER WAS??" Den ganzen Tag beten, aber keine Ahnung von Kunst!

Feddich

ELMI (DON VULVA DER ACHTE)

25. Juni 2019

#DOKTORTITTE: Franziska Giftzwerg, unsere Ministerin für „Was auch immer", will ihren Doktortitel mit einem Gutachten retten. Damit würde sie sich juristisch gegen Plagiatsvorwürfe wehren. Die Argumentation ihrer Anwälte: „Die Ministerin habe in ihrer Dissertation eine amerikanische Zitierweise befolgt." Wäre ich Richter würde ich sagen: „Die kenn ich, heißt „COPY&PASTE!"

#URTEIL: Das Landgericht Bremen hat die Klage eines Facebook-Nutzers abgewiesen, der wegen des Begriffs „GOLDSTÜCKE" in vorauseilendem Gehorsam gesperrt worden war. Der edelmetallige Begriff war einst von einem Bademeister aus Würselen geprägt worden und seither gängige Beschreibung von kriminellen Zuwanderern. Klang in meinen Ohren wesentlich netter als „Arabischer Schei*haufen". Jetzt erfüllt dieser Begriff ‚Goldstück' den Tatbestand der Hassrede und demnächst wohl auch den der Volksverhetzung. Ich wurde genau wegen dieser Wortschöpfung auch dreißig Tage gesperrt, aber mein Anwalt riet mir, nicht zu klagen! Cleveres Kerlchen, mein wahres Goldstück.

#KLIMA: Die klimapolitische Sprecherin der GRÜNEN fordert: „KEINE INLANDSFLÜGE AB 2038!"

Gilt für alle, außer natürlich für grüne Politiker. Keine Angst, soweit kommts nicht, wir werden froh sein, wenn wir bis dann nach dem Freitagsgebet Richtung Mekka überhaupt noch ausatmen dürfen. Ich pfeif drauf, denn ich bin hoffentlich schon tot!

#BOTSCHAFT: Dunja Halligalli vonne ZDF richtet Appell an alle! Zusammengefasst: „Keinen Finger breit den Extremisten, Radikalen, Populisten und Hassrednern von ‚Rechts'! Ich habe keinen Bock mehr!"

Erst dachte ich, sie redet von mir, dann aber fiel mir dieser alte Witz wieder ein aus den 80-ern. Treffen sich zwei Ziegen, sagt die eine: „Na, gehst du mit auf die Party?" Antwortet die andere: „Nö, ich hab keinen Bock!"

#SIEGEN: Bei einem Streit an einer Bushaltestelle hat ein Jugendlicher (15) am letzten Donnerstag einen Mann (47) erstochen. Er starb noch am selben Abend. Täter vermutlich nur Pass-Deutscher. Polizei macht keine Angaben, wegen des jugendlichen Alters. Man las was von „arabischem Namen" Wer noch Fragen hat, bitte an unseren Bundespräsidenten wenden, ob er hier jetzt auch unsere Demokratie gefährdet sieht!

Feddich, ELMI (DER REMBRANDT UNTER DEN VULVA MALERN)

26. Juni 2019

#FACHKRAFT: 29-jähriger Asylbewerber Abdallah wurde nach mutmaßlicher Vergewaltigung einer 16-jährigen Tschechin festgenommen. Vermutlich stammt er aus Libyen. Was klar ist, dass seine Herkunft unklar ist. In Deutschland nichts Neues. Nach Morddrohung an einen Mitarbeiter reiste er nach Tschechien. Er ist zwar ausreisepflichtig, konnte aber aufgrund fehlender Papiere bislang nicht in seine Heimat abgeschoben werden. Sechs Sätze reichen, um das Asyl-Dilemma in unserem Land zu beschreiben.

#HITZEFREI: Die BILD fragt besorgt: „Warum will keiner Bademeister werden?"

Ich vermute, dass trotz hervorragender Bezahlung niemand Lust hat, sich von pubertierenden Jugendlichen, die der deutschen Sprache nur oberflächlich mächtig sind, die Fresse polieren zu lassen.

#FUSSBALL: Zurzeit läuft in der Bundesliga der Transfer-Zirkus auf vollen Touren! Kommt Sane jetzt zu Bayern oder nicht? Geht Kruse in die Türkei? Wen juckts? Früher hatten wir Beckenbauer und Netzer! Da konnten Sportmoderatoren noch vom Leder ziehen: „Der Ball zappelt im Netz, es war ja auch Netzer, haha!" Heute: „Die Nationalmannschaft liegt 0:2 hinten und der verletzte Spieler Hummelt vom Platz!"

#VIP: Lena Meyer-Strandgut plaudert über Intimes in der Yellow-Press. Es geht um Körperbehaarung. Wo bei ihr rasiert wird, wo es stehen bleibt ... Mal abgesehen davon, dass mir bei ihr nichts stehen würde, habe ich mir dann doch lieber bei YOUTUBE einen Clip angeschaut, indem ein Sack Reis in China ganz langsam umfällt!

#EURO: Brüssel sucht einen Chef für die EZB als möglichen Draghi Nachfolger. Bundesbankpräsident Jens Weidmann wäre erste Wahl! Er muss ein absolutes Genie in seinem Job sein, aber er sei für Merkel nur schwer verhandelbar. Grund: „Er hat höchste Fachkompetenz, aber seine Fähigkeit zum Opportunismus wäre nur gering ausgeprägt. Das gilt in Brüssel als Charakterfehler." Hab ich das richtig verstanden? Weil er sein Fähnchen nicht nach dem Wind dreht und der beste Mann für diesen Job wäre, ist er für Brüssel untragbar? Man kann sich nur noch wundern. Jetzt weiß man auch, wieso Typen wie Oettinger und Schulz in Brüssel gut aufgehoben sind.

Feddich

ELMI (Finanz-Hai-Opai)

27. Juni 2019

#ÜBERGRIFF: Starten wir heute mal mit dem Migranten - Aufwärmprogramm. Sexueller Übergriff in Hamburg. Frau wird verfolgt, dann an die Wand gedrückt mit anschließendem Vergewaltigungsversuch. Nach heftiger Gegenwehr flüchtet Täter.

Beschreibung:

Männlich – „südländische“ Erscheinung – Vollbart – Jeans! Oder um es kurz zu formulieren: „Deutschlands Zukunft.“ Wir alle hoffen, dass der Arme jetzt kein zweites Flucht-Trauma durchleben muss!

#POLITIK: Jetzt soll AKK neue Verteidigungsministerin werden und von der Eule (Panzerfaustbarbie) kriegt dann einen Job in Brüssel! Als was bitte? Als Euro- Beraterin für Betonfrisuren? Das ist alles nur noch ein Witz! Oder wird die CDU dann mit einem Schlag gleich zwei Probleme los?

#AKK: Und täglich sülzt das Mummeltier! Zitat: „Der soll nur mal kurz die Augen schließen, soll sich Walter Lübcke vorstellen. Der wird nie mehr auf die Idee kommen, dass man mit einer AFD als Christdemokrat zusammenarbeiten kann!“ Mal abgesehen davon, dass ich mir einen solchen Typen nicht vorstellen möchte, wäre es vielleicht klüger, wenn sie „ihre“ Augen mal schließen würde. Vielleicht bis zu ihrem ersten Flug als Verteidigungsministerin auf einer Langstreckenrakete.

#DROHUNG: Bei verschiedenen Politikern gehen laut Presseberichten Morddrohungen ein. Das alles nach dem ersten politischen Mord seit zig Jahren. Wieso denkt man unwillkürlich an die tausenden von Opfern durch „Einwanderer“, die, wenn überhaupt, von der Presse und von der Politik kaum Beachtung erhalten? Zeitgeist geht an niemandem vorbei!

#SOS: Das Rettungsschiff „Sea-Watch 3" muss weiterhin auf See bleiben. Die Klage der Wassertaxibetreiber vor dem europäischen Gerichtshof scheiterte. Vielleicht war ja in der Botschaft der Richter die leise Aufforderung: „Es gibt sichere Häfen, sie liegen halt nicht in Europa - volle Kraft voraus - Gehen sie nicht über LOS, ziehen sie nicht 4000 € ein!"

Feddich

ELMI (Prof. Dr. h.c. vong Copy & Paste)

28. Juni 2019

#VIPNEWS: Unser linker Singvogel aus London twittert: „Wenn man sieht, mit welcher Dankbarkeit und welcher Wucht die Flüchtlinge Teil der Gesellschaft werden wollen ..."

Da fragt man sich unwillkürlich, welche Wucht meint er? Die Wucht mehrerer Tritte gegen den Kopf, die Wucht von Messerattacken landauf landab, oder die Wucht von zugereisten Männern bei einer Massenvergewaltigung? Man kann nur noch mit dem Kopf schütteln und fragen: „HERBERT, WAS SOLL DAS?"

#KARLSRUHE: Ein 59-jähriger wurde am vergangenen Samstag an einer Bushaltestelle durch einen Fußtritt auf den Kopf schwer verletzt! Täter: Ca. 40 Jahre, 1.80 m, südliches Erscheinungsbild. Auffällig waren braune Socken, die bis zu den Knien hochgezogen waren. Was??? Braune

Socken?? Krampf-Knarrenbauer würde spätestens hier auf AFD tippen.

#OFFENBURG: Randale am Omnibusbahnhof dieser Flüchtlingsperle am Rande des Nordschwarzwaldes. Fünfzig Buckelnasen hauen sich auf die Fresse. Läuft oft unter dem Begriff: „Sozialer Kulturaustausch". Nur ein Großaufgebot der Polizei in Verbindung mit einer Hundestaffel kann die Lage wieder beruhigen. Gegen Gambier, Afghanen, Iraner und Russlanddeutschen laufen Ermittlungen wegen Körperverletzung. Viele Verletzte, ein 28-jähriger erlitt eine Stichverletzung im Gesäßbereich. Im Fachjargon läuft das unter „Türkische Rache".

Vielleicht singt Gröhlemeyer ja mal auf seinem nächsten „Alle gegen Rechts"-Konzert über sowas! Das wären dann nicht „Flugzeuge im Bauch" sondern „Messer im Arsch."

#PADERBORN: Blankes Entsetzen einer Frau (Oxana), die miterleben musste, dass ihr Mann von seinem eigenen Cousin im Bett erstochen wurde. Immerhin bleibts in der Familie, so eine Art „Russisches Roulette" mit Klinge!

#POLITIK: Friedrich Merz O-Ton: „Wir verlieren Teile der Polizei und der Bundeswehr an die AFD!"

FALSCH!!!! Die habt ihr bereits verloren, weil diese Menschen täglich mit der Realität konfrontiert werden, die ihr Politik-Schwachmaten einfach nicht wahrhaben wollt. Gehen Sie mal eine Woche mit auf Streife, dann wissen Sie, was falsch läuft bei uns!

#JUSTIZ: 19-jähriger Asylbewerber vor Amtsgericht wegen Vergewaltigung und weiteren Straftaten.

O-TON: „Ich werde Offenburg und Deutschland zerstören!"

Tja, wir haben sie zwangsläufig mit offenen Armen empfangen. Sie haben nichts zu verlieren und sie wissen, dass ihnen nichts passieren kann. DEUTSCHLANDS ZUKUNFT!

Fix & Feddich

ELMI (Experte für Scrotoscoping)

Epilog

Elmis moinbrifn

☜●❍♓⬧ ❍□♓■♌□♓♐■

01.Juli 2019

Liebe Leser und Fans des „moinbrifn“!

Ja, die Gerüchte stimmen, ich stelle mein tägliches „brifn“ ab dem heutigen Tage (1. Juli 2019) bei Facebook ein. Bei ca. weit über 3000 likes per Post, 55.000 Followern und einer Reichweite von 60.000 Lesern, eigentlich ein Fehler. Aber ich möchte in Zukunft nicht von den unberechenbaren Launen einer sozialen Plattform abhängig sein. Es stimmt, dass Facebook mich diesmal wegen Hassrede für weitere dreißig Tage gesperrt hat. Ich habe eine gängige Bezeichnung von kriminellen Einwanderern benutzt, die einem Edelmetall sehr ähnelt. Ich fand die wesentlich harmloser als zum Beispiel den Begriff „Gesind**“. Nun hat ein Gericht entschieden, dass dieser Begriff als Hassrede einzustufen ist. Von da aus ist es nur ein kleiner Schritt bis zum Tatbestand der Volksverhetzung, und den möchte ich jetzt nicht mehr mitgehen.

Die Entwicklung bei Facebook sehe ich mit Sorge. Weitere Beschränkungen der Meinungsfreiheit werden folgen. Wir entwickeln uns langsam, aber sicher zu einer Art DDR2 und politisch wird daran auch hart gearbeitet. Mit Erfolg, wie man sieht! Eine Sache wie das „brifn" lebt von täglichen Ereignissen und Kontinuität und die ist durch dauernde Unterbrechung von Psychopathen einfach nicht mehr gegeben.

Dieses Land zittert sich dem Ende zu und klopft sich dabei auch noch auf die Schulter. Ich kanns noch halbwegs lustig kommentieren, aber ändern kann ich es leider nicht mehr! Der „Point of no return" ist längst überschritten. Diese gewollte, unkontrollierte Einwanderung wird uns noch tausendfaches Leid bescheren, dessen bin ich mir absolut sicher, so sicher wie ein Kuffnucke, der glaubt, die Autobahn blockieren zu dürfen, weil seine Schwester ihren Cousin heiratet.

Nun denn, ich bedanke mich für die vielen netten Kommentare unter den „brifns" und vor allem hab ich mich über den Zuspruch per Messenger gefreut, von Menschen, die meine Beiträge nicht liken durften, weil sie sonst ihren Job riskiert hätten. Dort bestätigte sich täglich meine Sicht über die Zustände in meiner Heimat, die irgendwie komplett aus dem Ruder laufen. Und das gilt nicht nur für Freibäder.

Wenn zum Beispiel ein Spendenaufruf für eine in meinen Augen „lupenreine" Schlepperin, die vermutlich gegen jegliches internationales Seerecht verstößt, weit über eine Million Euro einbringt, stimmt etwas nicht mehr in unserer Gesellschaft.

Man sollte sie wegsperren und ihr das Kapitäns-Patent entziehen. Und genau das wird nicht geschehen.

Bedrückt hat mich die Recherche zu meinen Themen, die mir jegliche Aussicht auf einen guten Ausgang der gegenwärtigen Situation der deutschen Bevölkerung genommen hat. Wir werden diesen Zuwanderungs-Krieg verlieren.

Es stimmt schon, was ein ehemaliger Journalist so formuliert hat. „Die Ära Merkel legt sich wie eine Grabplatte auf dieses Land!“ (R.I.P.) Da ist was dran.

Ich dreh mal ne Runde mit dem E-Bike im Wald!

An alle Fans: Passt auf euch auf! Schützt eure Töchter! Bleibt gesund! Dank euch.

Fix & Feddich

ELMI (Euer Lieblings-Xenophob)

☞☜☟☟✋👍☝ ♐♏♎♎♓♍♒

Danksagung

Elmis moinbrifn

☜●❍♓⬧ ❍□♓■♌□♓♐■

Dank an meine Frau Andrea für das Buchcover und konstruktive Kritik.

Unendlichen Dank an Bee-Bee-Print für Lektorat, Betreuung, Formatierung, Pressearbeit, Nervenbalsam und Motivation!

Dank an KDP Amazon.

Dank an alle Fans des „moinbrifn“ **********

Special thanks to the members of "POCO LOCO-BREXIT-CLUB" for brilliant ideas!

Dank an alle, die dieses Buch nie lesen werden und es trotzdem niedermachen. Euer Neid spornt mich an!

Dank an alle Hobby-Psychiater, die bei mir in den letzten Jahren eine „narzisstische Störung“ diagnostiziert haben. Sie hat mich sehr reich gemacht!

Übrigens wollte ich dieses Buch eigentlich „Deutschland balla-balla“ nennen, aber das hat mich so an die deutsche Nationalhymne erinnert, dass ich das Zittern bekam …

Impressum

Elmis moinbrifn

☜●❍♓⬧ ❍□♓■♌❒♓♐■

Umschlaggestaltung:
Andrea und Elmar Hörig

Formatierung und Gestaltung:
vHVerlag Brigitte van Hattem

Fotos:
Firma Trailer Sound
c/o Trailer Sound
Mail: Elmishow@gmx.de

Weitere Bücher von Elmar Hörig:

BEST OF ELMI: 2000 – 2003, independently published (19. Oktober 2019), ISBN-13: 978-1728955773, erhältlich bei amazon.de

FREILUFTKLAPSE DEUTSCHLAND, Germany kaputt, Elmis Moinbrifn 2019, indepently published (26. November 2019), ISBN-13: 978-1790334353, erhältlich bei amazon.de

45224853R00141

Printed in Poland
by Amazon Fulfillment
Poland Sp. z o.o., Wrocław